OSSIAN

SON SIÈCLE ET SA PATRIE

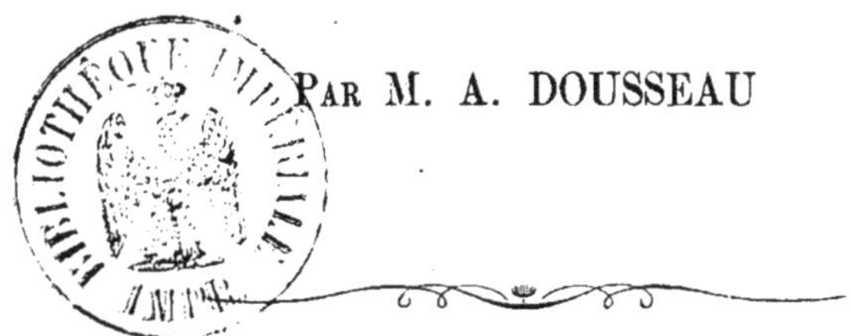

PAR M. A. DOUSSEAU

HAVRE

IMPRIMERIE LEPELLETIER, PLACE LOUIS-PHILIPPE, 12

1862

OSSIAN

SON SIÈCLE ET SA PATRIE

INTRODUCTION

Pourquoi l'auteur va parler d'Ossian et de l'Écosse fingalienne.

Land of brown heath and shaggy wood,
Land of the mountain and the flood!

Comme dit Walter-Scott.

O ! *highlands* (1) de l'Écosse ! O monts arides et rocheux, landes marécageuses, bruyères et broussailles, fondrières et casse-cous ! Tourbières aux eaux sanguinolentes, fauves écumes des torrents mugissants, sauvages vallées où dorment les froides ondes de lacs solitaires, déserts hyberboréens qu'un soleil pur et brillant éclaire rarement et qu'il réchauffe

(1) *High* haut. *Low* bas. *Land* terre, pays. *Highlands, highlanders*, la Haute-Écosse et ses montagnards. — *Lowlands, lowlanders*, la plaine, la Basse-Ecosse et ses habitants. *Morven*, pays des monts.

plus rarement encore ! Vous souvient-il des visites que je vous fis en 1829, en 1841 et en 1858? Avez-vous gardé souvenir de moi? et quand je me souviens de vous si vivement, si amicalement, me permettrez-vous d'en parler ? — Apres sommets du Ledi, du Lomond, du Shihallion et d'autres monts inhospitaliers, et toi-même horrible cime du *Ben* (mont) *Nevis!* Sans doute vous n'avez pas oublié avec quelle aventureuse audace je me suis élevé jusqu'à vous? et combien, ingrats que vous êtes ! vous m'avez froidement et durement accueilli ?

O land of cakes and blue bonnets!

Comme s'écrie Robert Burns......

Terre des bonnets bleus et des galettes d'avoine! j'ai savouré tes béatitudes : the scotch-broth, bouillon blanc plus insipide encore que le brouet noir des Spartiates, le poisson sec, le mouton salé, le lard rance, le pain moisissant, la cassonade liquide et le thé barbu. — Combien de fois, pestant contre le scotch-mist, ce brouillard pluvieux, si froid et si pénétrant, contre les raffales furibondes, les landes pourries et les sentiers exécrables ! — Combien de fois, dis-je, enrhumé, endolori des pieds jusqu'à la bosse du pittoresque, ne me suis-je pas réchauffé à la fumée nauséabonde de la tourbe ! — N'ai-je pas reposé mes membres engourdis dans des draps humides, ou à défaut de draps, dans des couvertures humides, ou même faute de mieux, sur l'humide bruyère ! — Parfois attendant pour m'endormir que cessassent les cris aigres et tympanisants de la cornemuse antique *(the bag-pipe)* qui m'écorchaient les oreilles, comme m'avaient écorché ailleurs les buissons et les pierrailles, — comme on m'eut écorché à l'hôtel, si, près de là, un hôtel m'eut offert sa désastreuse hospitalité. — Car, dans ce siècle dégénéré, si les montagnards Écossais donnent encore l'hospitalité à l'opéra-comique, — ailleurs, ils la vendent toujours, en dépit de la rime, — et souvent la vendent fort cher !

Ossian, barde vénérable, chantre sublime, Homère du

Morven! cher Ossian, tu le sais, souvent je me suis assis à ton foyer. — Souvent j'ai voulu que les descendants de tes *fions* (Fingaliens) me parlassent de leurs ancêtres et m'aidassent à dissiper les ténèbres qui environnent ta mystérieuse existence ! Tu sais avec quelle studieuse sollicitude je me suis enquis de toi et des tiens, avec quelle émotion j'ai entendu répéter les chants de ta muse à la fois si fière et si tendre. Combien j'ai applaudi à tes héros, moi qui comme eux, surmontant les défaillances du corps par la vigueur de l'âme, me suis plu à braver tant de dangers. — Combien j'ai compati à tes malheurs, moi qui en ai éprouvé de semblables ! hélas ! — Aux lieux mêmes où tu pleurais ton Oscar, ton unique fils, moissonné si jeune par la guerre, j'ai retrouvé des larmes pour ma Clara, mon unique enfant, elle aussi moissonnée à la fleur de l'âge. — Oui, si depuis que ma fille n'est plus je trouve un nouveau charme à ta muse mélancolique, — c'est que cette muse fait vibrer au fond de mon cœur des accents pareils aux tiens, — une plainte qui, comme la tienne, se perpétuera jusqu'à mon dernier jour ; dût le nombre de mes années égaler ton âge patriarcal.

Comparées à ces douleurs intimes que sont les fatigues et les privations du voyage ! — et combien facilement j'oubliais ces inconvénients quand je passais en revue mes impressions de voyage, les notes, les esquisses dont mon album s'était enrichi ! D'ailleurs les héros du Morven, les belles Fingaliennes, dont je foulais la terre classique et qui occupaient mon imagination, avaient soutenu mon courage ; ils applaudissaient à ma persévérance, alors que j'affrontais les solitudes et les orages de leur chère Calédonie. — Souvent j'ai cru les apercevoir dans leurs palais aériens, dans leurs romantiques vallons *(Glens)* sur leurs côteaux *(Braes)* pierreux : le sombre Caïrbar, aux épais sourcils froncés, menaçait Dermid à la brune chevelure, — la modeste Evirallin rougissait à ma vue, —la douce Clatho, aux yeux bleus, s'enfuyait, — la plaintive Oïthana racontait ses peines au brave Gaül. — Colna-Dona, l'amour des héros, écoutait les tendres propos de Colgar au front superbe ; et les beaux yeux de Sulingorna, vierge timide, se baissaient devant le regard passionné de Dargo aux cheveux rouges. (Ces épithètes traduisent la signification des noms propres dans le Gaëlique). Tantôt je croyais reconnaître dans les vapeurs d'une atmosphère nébuleuse, le doux sourire de Darthula, la longue chevelure blonde et flottante de Colma ; une indiscrétion du zéphir me laissait apercevoir le sein de neige de Slisamé. — Ou bien il me semblait entendre dans le murmure des vents, dans le bruissement des torrents, la voix mélodieuse de Vinvela, les accents plaintifs de Malvina, ou les joyeux frédons de Moïné, qui me rappelaient ceux de ma Clara, — et je me prenais à soupirer. — Pendant mes longues pérégrinations solitaires, la mémoire peuplait ainsi ces déserts. — C'est ainsi que les souvenirs du passé charmaient la fatigue présente et adoucissaient l'âpreté d'une terre sauvage et d'un ciel inclément.

Walter-Scott, le glorieux compatriote et le digne continuateur d'Ossian, Walter-Scott, le poëte descriptif admirable, le conteur inimitable, ajoutait beaucoup aux enchantements des highlands ; car c'est là qu'il a trouvé plusieurs de ses personnages les plus remarquables, de ses scènes les plus intéressantes — la belle Ellen Douglas (*the lady of the lake*), le vaillant Robert Bruce (*the lord of the Isles*), qu'il a chantés en vers si harmonieux, occupaient aussi mon souvenir. — Ou bien c'était le fier Fergus Mac Ivor et sa gracieuse sœur Flora (*Waverley*). C'était *Rob Roy Mac Gregor* (Robert le Rouge de la tribu des Gregors), et cet intrépide royaliste Montrose,(*a legend of Montrose*),ou la vieille Norna (*the Pirate*), et les deux romantiques sœurs Minna et Brenda ; ou bien encore c'étaient *the chronicles of the Canongate*, et surtout *the fair maid of Perth* (la jolie fille de Perth), qui revenaient à ma pensée.

Que dis-je ! les highlands ne devraient-elles leur attrait qu'aux réminiscences du passé, aux caprices de la fantaisie, aux décors du romantisme ? — Le supposer serait leur faire une grave injure ! — Ce serait ignorer ou méconnaître ce pays, aussi remarquable par l'étrangeté de ses faits et gestes authentiques et par la singularité de sa topographie, que par ses bardes et ses légendes ; aussi, avant de remonter aux temps et aux faits problématiques, je me propose de tracer une esquisse rapide de la physionomie historique et géographique de la terre des Fingaliens ; et j'amenerai cet aperçu jusqu'à l'époque de la mission de Macpherson. — Logiquement, c'est par cette revue que nous devons commencer : nous marcherons ainsi du positif à l'incertain, et l'étude des parties lumineuses du tableau nous apprendra à mieux déchiffrer les parties laissées dans un clair obscur si indécis.

CHAPITRE Ier.

PANORAMA DU MORVEN.

Dans vingt endroits des poésies gaéliques il est question d'un mont énorme, affreux, le *Drumanar*, le *Gormal* du morven, le roi des orages, et c'est sans doute le Ben Névis.— Grimpons jusqu'à son sommet comme je le fis de nouveau le 22 Juillet 1858, de là nous pourrons étudier le panorama environnant, si vaste, si merveilleusement varié, si légendaire et si historique.

Le *Ben Névis* est le mont le plus célèbre de l'Ecosse et le plus haut de tous ceux de la Grande-Bretagne et de l'Irlande, il s'élève près du 57e degré et au milieu même du royaume des Fingaliens. — La vallée inférieure de la rivière Lochy, un bras de mer, divers vallons et le Loch-Troag (lac Troag, *Loch* se dit aussi d'étroits bras de mer), isolent presqu'entièrement cette vaste masse ; — sa forme est celle d'un dôme dont une moitié se serait affaissée, — la partie supérieure est neigée presque toute l'année et la neige encombre les ravins et tapisse les falaises tournées vers le nord. — Son élévation et de 4,417 pieds, — elle est donc inférieure de 400 pieds à celle de la neige perpétuelle à cette latitude. — C'est aussi 400 pieds de moins que le Puy-de-Dôme ; — mais ce Puy est posé sur un plateau de 2,800 pieds de haut, — tandis que le Névis s'élève du bord même de la mer. — Or, les monts semblent d'autant plus élevés que l'œil les mesure mieux de la base au sommet, et l'aspect du Névis est bien autrement imposant que celui du mont Auvergnat. — Le Névis égale en hauteur les ballons des Vosges ; mais tandis que les Vosges sont couvertes de forêts et de taillis jusque sur leurs sommités, le Névis n'offre à la vue terrifiée que de hideux amoncellements de roc nu, que d'horribles escarpements. — Aussi pas le moindre sentier ne guide les pas du touriste au milieu de ce chaos pétrifié. — Telle est la structure et la physionomie des principaux monts de l'Ecosse, où la robe verte des Vosges et du Jura, et les magnifiques décors des Pyrénées et des Alpes sont remplacés par la plus triste dénudation. — Les côteaux, les plateaux et la plupart des monts de moindre élévation, sont, grâce à l'humidité de l'atmosphère, tapissés de gazons,de taillis, d'épaisses bruyères et surtout de mousses spongieuses et de tourbières, qui ont succédé aux forêts antiques, si follement, si déplorablement détruites. Là comme en France et ailleurs, — la dévastation continue, et la vente du tan, dont on fait un grand commerce, menace de faire disparaître jusqu'aux taillis.

Le panorama dont on jouit du sommet du Névis est prodigieux d'aspect comme d'étendue : terres et mers, collines et monts, lacs, golfes, eaux courantes, îles de toutes les formes, sont épars sous vos yeux, déployés comme sur une carte géographique. — Ce qui étonne est moins le grandiose des formes que leur étrangeté, leur sombre coloration, la singulière sauvagerie de l'ensemble. — Une atmosphère éternellement capricieuse, une lumière sans cesse vacillante, — souvent glauque et blafarde, — un ciel presque toujours nuageux et souvent chargé d'orages, ajoutent leur charme austère, apocalyptique, aux impressions que cause la vue de cette terre si tourmentée, de ces côtes si accidentées, de ces îles vaporeuses, de ces lacs aux sombres eaux, de cette mer où se promènent les ombres de tant de nuages, et que sillonnent incessamment les vagues aux blanches écumes......

mais rarement les vents furieux et glacés , les nuages vagabonds et pluvieux, permettent à l'observateur de jouir paisiblement de ce magique spectacle ! Aussi, du sommet du Névis, moins encore que de celui de divers autres monts dans la Grande-Bretagne et dans l'Irlande, je n'ai pu réussir à esquisser un panorama complet; tandis que dans les Alpes et dans les Pyrénées, et d'une élévation double de celle du Névis, j'ai plusieurs fois fait la conquête du panorama si désiré.

Nos regards embrassent donc presque tout l'ensemble des Highlands. — Autour de nous et jusqu'à perte de vue s'étend le Morven d'Ossian, la mystérieuse patrie des Calédoniens, la terre des vieux bardes et des sauvages héros qu'ils ont chanté. — Des montagnes violacées, bistrées, parfois brunes et noires, se soulèvent de tous côtés, — tout l'horizon en est hérissé ; — par de-là celles de l'ouest, la mer et ses îles se montrent sur plusieurs points, et un long bras de mer (les Lochs Linnhe et Eil) vient, du sud-ouest, aboutir au pied même du Névis, où il reçoit les eaux de la rivière Lochy. — Dans une direction presque opposée, nous remarquons d'abord, de 12 à 16 lieues de distance, la chaîne du *Cairn Gorum*, la plus grande des Highlands, dont le sommet culminant, le *Ben-na-muick-dhui*, presqu'aussi haut que le Névis, est, comme celui-ci, couvert de neige pendant presque toute l'année. — Entre cette chaîne et celle des Monagh Lea s'étend la vaste vallée de la Spey, rivière qui, prenant naissance près du Névis et se grossissant de mille ruisseaux, forme des méandres multipliés ; ses eaux brunes et torrentueuses coulent ensuite droit au Nord et se jettent dans la mer près de Fochabers. C'est une des principales rivières, ou plutôt fleuves, des Highlands ; deux autres, le Don et la Dée, coulent plus à l'ouest et confluent presque en se jetant dans la mer près d'Aberdeen ; celles-ci, comme le Tay, la Forth, etc., n'appartiennent aux Highlands que par leur cours supérieur. Ces cours d'eau coupent la chaîne des *Grampians*, qui sépare les Highlands des Lowlands ; elle s'étend fort irrégulièrement de Dumbarton à *Kimnairds*'head (le cap K), dans l'Aberdeenshire. — Disons de suite que la basse Ecosse, si elle a peu de montagnes, est sillonnée dans tous les sens par des collines: plusieurs de ses montagnes s'élèvent à 2,000 pieds.

Au pied du Névis aboutit la grande vallée dite des Lacs et du canal Calédonien, et cette vallée est une insigne singularité géographique : elle partage les Highlands en deux moitiés qui s'équilibrent, et elle git sud-ouest et nord-est, parallèlement à la chaîne du Cairn-Gorum et aux Grampians. — Des côtes de l'île de Mull, au midi, jusqu'au cap Tarbat, au nord, cette vaste tranchée n'a pas moins de 45 lieues de long ; et elle est tellement régulière, rectiligne, que, moyennant une élévation médiocre, on pourrait d'une extrémité apercevoir l'autre sans obstacle intermédiaire. — La vallée proprement dite s'étend d'Inverlochy à Inverness, lieux qui prennent leur nom des rivières qui y débouchent dans la mer. Ces rivières sont l'écoulement des deux lacs de la vallée : le lac Ness, un des deux plus grands de l'Ecosse, a, comme son rival le lac Lomond, 10 lieues de long. — Le lac Lochy est moindre de moitié. — Un troisième lac, assez petit, se trouve au point de partage des eaux, et ce point est si peu élevé qu'au moyen de quelques écluses, un bateau à vapeur va et vient chaque jour de lac en lac, d'une mer à l'autre ; ce qui est à la fois une navigation très intéressante, très pittoresque, peu coûteuse, et une grande commodité pour un pays si difficile à parcourir autrement.

Trois forts, désormais inutiles, gardent la vallée : ils furent construits par Cromwell, vainqueur et oppresseur des Highlands, et restaurés par Guillaume d'Orange qui donna son nom au fort du midi, ainsi qu'au vieux bourg d'Inverlochy, voisin, (fort William). — Le fort Augustus est à la tête du lac Ness, et le fort George, le seul vraiment fort, couvre la langue de terre qui sépare la grande baie de Murray de la petite (the Murray Firth); voisine est la jolie ville d'Inverness,qui a 16,000 habitants et de romantiques environs. — C'est la reine des Highlands du Nord. — Là aboutit, en communication avec le canal Calédonien, le chemin de fer qui, longeant Nairn, Forres et Elgin, va de là à Aberdeen, suit la côte de l'Est jusqu'à Dundée, et au moyen de steamers à l'embouchure de la Tay et de la Forth, arrive à Edimbourg.

A mi-distance d'Inverness à Fort George se trouve la lande de Culloden, où l'armée du prétendant Charles-Edouard fut défaite en 1746. Plus au nord est la petite ville de Forres, près d'où les trois sorcières (*the Weird sisters*, de Shakspeare) inspirèrent à Macbeth une ambition qui le rendit si criminel et lui fut si fatale.

Au pied du Névis, au bord de la Lochy, gisent les ruines vénérables de la forteresse d'Inverlochy (*inver*, sur, près de). C'est le site de diverses curieuses légendes : si nous en avions le temps, je vous raconterais de drôles d'histoires de *Brownie spirits*, de *fairies* (fées), *Goblins*, *Witches* (sorcières), *Elves* (nains), *sprites* (farfadets), qui se rattachent à ces ruines et aux environs du Névis, riches en seconde vue, en apparitions, comme tant d'autres localités, dans la crédule et superstitieuse Ecosse.

De l'autre côté de la vallée, au-delà d'une vaste et noire tourbière, s'élève la colline de Bannovie, située à souhait pour que de son sommet on puisse examiner le Ben Névis, et le dessiner; — ce que je n'ai pas manqué de faire. — Mon Album-monstre n'offre pas un site plus rébarbatif que ce portrait du roi du Morven.

Au premier plan de cette colline on remarque une masse de bâtiments qui semblent propres et neufs. — Ils le sont en effet: c'est l'hôtel du Ben Névis, à peine terminé en Juillet 1858. — C'est le rendez-vous de la *high-life* (la haute société) pérégrinante, des touristes fashionables, — c'est là que l'hospitalité est vraiment ruineuse! — La dame du lieu n'est pas du tout la Dame blanche de Boïeldieu, et ceux qui, de chez elle, contemplent le Névis, ne peuvent dire que « la vue n'en coûte rien ! » Ajoutez que les trois quarts du temps on n'en voit pas grand'chose, grâce aux nuages. — Et que si chaque jour le soleil se lève à l'heure indiquée par l'almanach de la localité, souvent il ne se décide à éclairer le pays que plusieurs heures plus tard.

Le côté sud du mont de Bannovie longe une profonde vallée où plonge la tête du Loch Eil qui, devant nous, tourne à angle droit. — Il y a précisément 200 ans que dans cette vallée, Cameron of Lochiel, héros dont nous reparlerons, tua le dernier loup des Iles Britanniques. — Je signale ce fait cynégétique. — Derrière cette vallée est la côte du Moidart où le prétendant Charles-Stuart débarqua le 8 Juillet 1745.— C'est là qu'il fut reçu par le petit-fils du Cameron tueur de loups, montagnard aussi brave, aussi chevaleresque que l'avait été son grand-père.

Tournons nos regards droit au sud : le beau pic que nous voyons s'élever à cinq lieues de distance est celui de *Glen Coe.* C'est le géant de la vallée la plus grandiose, la plus pittoresque, la plus ossianique des highlands! Là, tout nous parle d'Ossian et de ses héros. — Célèbre dès les temps anté-historiques, elle l'est devenue plus encore par la catastrophe dont je vais parler. — Cette vallée descend d'un plateau très sauvage et très élevé, le Beden na bean, aux landes pourries, et débouche dans l'étroit bras de mer dit le loch Leven of Coe pour le distinguer de quelques autres lochs qui portent aussi le nom de Leven. — Le Glen Coe est une profonde et tortueuse déchirure entre de hautes montagnes ; partout elle est flanquée de falaises, hérissée de rochers. — Vers son débouché le val s'évase et laisse place au petit lac *Cona* et à un haut mamelon. — C'est le *Scorna-Féna* d'Ossian, la colline fingalienne qui portait le *Selma* de Fingal si souvent mentionné dans les chants d'Ossian. (Selma, Palais, de Sélama, Belle-vue). Le Glen Coe est le *Gleann-Coathan,* autour duquel chassait Fingal ; c'est près du Cona que, fatigué de guerroyer, il fit construire ce château de *Tura* dont l'incendie fut si funeste aux fingaliens, comme nous le dirons. — Toutes les localités voisines portent encore des noms ossianiques, et près de là on a découvert dernièrement un tombeau fort ancien qu'on croit être celui d'Ossian. — Plus tard ce Glen devint le domaine des Macdonalds, puis ce fut leur tombeau ; — les Macdonalds étaient catholiques et partisans des Stuarts, deux raisons pour être odieux aux fanatiques presbytériens leurs voisins, et à Guillaume d'Orange, qui ordonna de les égorger tous ; — ils furent donc traîtreusement assaillis pendant une nuit d'hiver, en 1692, et égorgés sans pitié. — Peu d'entr'eux échappèrent au massacre et aux périls de la fuite. Quelques uns de leurs descendants existent encore au village de Glenco, au débouché du val, village qui s'enrichit par l'exploitation de ses carrières d'ardoises.

Au sud-ouest de Glen Coe nous remarquons les croupes arrondies et verdoyantes de l'île de *Mull*, la plus méridionale des îles du Morven. — Derrière Mull se trouvent deux petites îles beaucoup plus célèbres que leur voisine : l'une est *Staffa*, où Fingal se fit couronner roi ; Staffa qui offre au voyageur émerveillé sa grotte Basaltique, d'une si étonnante symétrie, *la Grotte de Fingal*, prodige de volcanisation sans égal au monde. — L'autre île est *Icolmkill*, — l'antique *Jona*, l'*Innis Druinag* des Druides, qui s'y réfugièrent lorsque les Fingaliens les eurent chassés du continent voisin. — Puis vint St-Columba, qui les expulsa de leur dernier repaire, comme nous le dirons bientôt. — Huit rois d'Irlande, huit rois de Norwège et quarante-huit rois ou grands chefs écossais sont inhumés à Jona.

La grande île, qui plus au nord élève ses sommets nuageux, est *Skie* (brouillards), l'île pluvieuse par excellence, comme le dit son nom. — D'après la poésie gaëlique éditée par Mac Culum, cette île est le théâtre de la grande chasse des Fingaliens en l'an 250, lorsqu'à l'aide d'un millier de chiens, la plupart lévriers gigantesques (Walter-Scott possédait un lévrier de cette espèce, et je l'ai vu), ils tuèrent 6,000 cerfs et daims, et 100 sangliers par dessus le marché. — Quel massacre des innocents ! à moins qu'il n'y ait erreur ou exagération (ces exagérations sont nombreuses dans cette poésie, mais tout n'est pas d'Ossian). — On ne pourrait, de nos jours, recommencer un tel carnage, car l'Ecosse tout entière est loin de posséder encore un si grand nombre de ces pauvres bêtes, surtout à l'état libre. — On a presque tout tué, et de plus, on a détruit la plupart des forêts qui leur donnaient asile. — Derrière Skye, la chaîne des *Iles Hébrides*, grisâtre et rendue presqu'imperceptible par la distance, borde tout l'horison du nord-ouest.

Plus proche et plus au nord, cette dentelure bleuâtre est formée par les monts du *Lac Maréa*, dans le Rosshire, monts aux formes étranges, lac décoré d'îles verdoyantes et d'îlots nombreux ; ici il est flanqué d'âpres falaises, là de collines boisées et couronnées de rochers. Un peu moins spacieux que le fameux lac Lomond, c'est, sous tous les autres rapports, son digne rival ; mais autant le lac et le Ben Lomond sont familiers aux touristes, autant le Maréa, perdu dans de lointaines solitudes, leur reste inconnu ; et je suis, que je sache, le seul Français qui ait exploré les rives du Maréa, et en ait dessiné les sites si pittoresques. — Le lac *Awe,* dans l'Argylesshire, décoré d'îles et dominé par les sommets du Ben Cruachan, et l'admirable lac *Kathrine* avec ses *Trosachs*, merveilleux labyrinthe d'eaux, de forêts, de rochers, rivalisent avec les précédents. Kathrine (de Caterans, voleurs), voisin du Lomond, était la patrie des Mac Gregors, si connus pour leurs déprédations, et si odieux à leurs voisins que ceux-ci, se liguant à cet effet, tentèrent de les exterminer.

Un peu à droite des monts du Maréa, à la verge de l'horison, s'élève le *Wivis*, le géant du nord, moins haut que le Névis, mais plus septentrional, il est presque toujours neigé comme celui-ci. — Le Wivis, qu'on voit si bien d'Inverness, est un vaste dôme sillonné d'une multitude de ravins fangeux, encombrés de pierrailles, de bruyères demi-pourries et de taillis rabougris. — C'est le rendez-vous favori des chasseurs montagnards ; sur un tel terrain, sous un tel ciel, la chasse n'est certes pas un amusement facile, un passe-temps frivole ! — Le Wivis a 3,650 pieds de haut ; c'est aussi l'élévation de plusieurs autres monts très remarquables dans les Highlands, le *Shihallion*, qui domine le lac Tummel, le *Lawers*, roi du lac Tay, le *Ben More*, à la tête du lac Lomond, etc. ; (c'est aussi l'altitude du Snowdon, roi du pays de Galles, et du Carran-Tual, près de Killarney, roi des monts irlandais. — Dans l'Angleterre proprement dite, le sommet culminant, le Scawfell, dans le Cumberland, est de 500 pieds moins élevé). Mille torrents roulent sur les flancs de ces monts si souvent visités par les nuées pluvieuses, et ils y forment une multitude de cascades dont plusieurs sont admirablement pittoresques, surtout celles de Foyers, de Moness, etc.

Maintenant que nous avons fait cette rapide revue, hâtons-nous de quitter notre poste d'observation, où nous nous trouvons *so very uncomfortable !* — L'aquilon furieux menace de nous précipiter dans les abîmes qui nous entourent, le scotch-mist nous aveugle, nous inonde, nous glace jusqu'aux os. — D'interminables files de nuages roulent sur tout le pays subjacent et défigurent toutes les perspectives. — Le ciel, la terre, la mer, tout semble confondu. — Quittons ce mont sauvage qui ne nous offre pas le moindre abri. — La montée a été longue et bien fatigante, — la descente sera périlleuse ; — puissions-nous arriver sans encombre à Bannovie, ou à Fort William, où nous nous restaurerons, — pendant qu'une jeune miss langoureuse, pianottant sur un instrument enrhumé comme nous, nous régalera d'une dolente romance ou de quelques airs *à danser dessus* ; car le piano, ce babillard trop souvent sans cœur et sans âme, fait entendre son ramage fastidieux jusque dans les highlands ; il y remplace la harpe patriotique des bardes, depuis si longtemps muette !

CHAPITRE II.

Esquisse de l'Histoire des Highlands jusqu'à l'époque de Macpherson.

Pour plus de clarté, et puisque c'est des poëmes d'Ossian qu'il s'agit surtout, mettons provisoirement au rang des faits historiques ceux que nous révèlent ces poëmes et les traditions du passé ; d'ailleurs nous verrons bientôt que ces faits sont de l'histoire véritable. — En considérant la longue série de désastres supportés par l'Ecosse, et surtout par les Highlands, les efforts tentés pour anéantir la nationalité Fingalienne, et le succès presque complet de ces efforts, nous comprendrons combien la mission de Macpherson a été miraculeuse, et pourquoi, après la résurrection opérée par lui, on a pu si obstinément douter d'Ossian et de ses héros, surtout quand leur authenticité était niée avec tant de persistance par le docteur Johnson, le plus impérieux des critiques et le plus redoutable des contradicteurs. Forcé de nous occuper quelquefois de l'histoire générale de l'Ecosse, mais toujours au point de vue des Highlands, nous le ferons le plus succinctement possible, sans pourtant aller jusqu'à l'aridité.

Un peuple immense a existé, peuple dont l'histoire ne nous a guère transmis que le nom, et dont nous ne retrouvons que quelques monuments grossiers. — Mais son idiôme s'est conservé et se parle encore dans diverses parties de l'Europe. — Ce sont les *Celtes*, qui, du cap Finistère en Espagne, étendaient leur empire jusqu'aux bouches de l'Oby, en Russie ; — des nations celtiques, une des plus anciennes et la plus célèbre de toutes, peuplait les Gaules, — et dès les siècles bien antérieurs à l'époque chrétienne, les Gaulois, par leur valeur et leur intelligence, étaient déjà les Français de l'époque. — Ce furent eux qui peuplèrent la Grande-Bretagne ; puis, des côtes des Highlands et des îles voisines, ils passèrent dans le nord de l'Irlande et s'en emparèrent. — En effet, un même peuple, un peuple parlant encore le même langage celtique, habite toujours le nord de ces deux pays, et leur histoire primitive, leurs annales chantées, sont concordantes. — Elles sont liées au point que l'Irlande voudrait faire de Fingal un Irlandais, prétention au moins ridicule, et en contradiction flagrante avec les vrais poëmes d'Ossian.

De deux mots celtes *Gaël*, Gaulois, et *don* mont, les highlanders composèrent le nom de leur montueuse patrie, —

c'estle mot *Calédonie*, moderne,— ils disent encore *Gaël-Tach*, terre Gaëlique, et non Scotland ; et leur langage est le gaëlique, la langue erse, et non le scotch. *Scot* vient de *scuite*, errants, nom donné aux montagnards à cause de leurs migrations, alors qu'ils n'étaient encore que pasteurs, — De scots, les Romains firent *scoti* et donnèrent improprement ce nom aux habitants du plat pays ; ceux-ci.prirent le nom de *Picts* et de *cruithnich* (corn eaters), mangeurs de grain, et de *maï-aititsh* (hommes des plaines. — Les habitudes de ces deux peuplades de même origine en firent bientôt comme deux nations différentes, et elles devinrent peu à peu rivales et ennemies ; car les montagnards ne se faisaient pas scrupule de piller les habitants de la plaine, plus riches qu'eux, et ceux-ci méprisaient les montagnards. — Ils en vinrent bientôt à les craindre et les haïr.— Cependant, high et lowlanders s'entendirent pour résister aux Romains, qui ne purent les subjuguer.

En 98, Agricola, qui avait réduit l'Angleterre en province romaine, désespérant de soumettre les Scots, fit construire sur leurs frontières des murs auxquels Antonin et Adrien en ajoutèrent d'autres ; — les Calédoniens franchirent souvent cette barrière et revinrent dans leurs montagnes chargés des dépouilles des Romains et des Bretons. *Trenmor* se signala d'abord dans une de ces expéditions ; — les Druides l'avaient nommé Vergobrète, c'est-à-dire consul, autorité qu'ils conféraient lorsque la patrie était menacée, et dont ils voulurent, selon l'usage, le dépouiller quand le danger fut passé ; mais Trenmor était las du joug Théocratique et de la tyrannie des Druides ; en l'an 120 il leva l'étendard de la liberté, les Druides, de leur côté, assemblèrent une armée : ils furent vaincus, dispersés, chassés du pays ; Trenmor n'en épargna quelques-uns que parce qu'il attendait d'eux sa renommée ; car l'ordre des bardes s'instruisait chez les Druides, et plusieurs des Druides qui furent épargnés se firent bardes ; les autres se retirèrent à l'île d'Iona. — Trenmor ayant appaisé la guerre civile et chassé les Scandinaves qui s'étaient emparés du nord du continent, resta chef suprême du Morven.

Trenmor eut deux fils : Trahal qui, le premier, prit le titre de roi du Morven, et Conard, qui passant en Irlande, en fut le premier roi. — Trahal fut père de Comhal qui eut plusieurs fils et entr'autres le célèbre Fingal.

Fingal, le Napoléon de son siècle, naquit à la fin du IIe siècle ; fort jeune encore, il alla batailler contre les Romains et leurs alliés Bretons.— *Morni*, chef d'une tribu puissante, secondé par son fils *Gaül* , guerrier d'une force et d'une valeur extraordinaires, disputa la suprématie à Fingal, une bataille eut lieu, Morni fut vaincu et se soumit ; Gaül et Fingal, qui s'admiraient réciproquement, devinrent intimes amis.— Fingal fit ensuite diverses expéditions en Irlande et même en Danemarck. Après avoir été pendant plus d'un demi siècle le favori de la fortune, il mourut à 75 ans et ne put transmettre sa couronne à ses enfants, qui tous, excepté Ossian, périrent jeunes sur les champs de bataille. — *Ossian* , imitateur des vertus et de la vaillance de son illustre père, n'eut qu'un fils, le brave Oscar, à qui il survécut ; — le vieil Ossian, devenu aveugle, resta abandonné aux soins de sa belle-fille, la douce Malvina, l'Antigone calédonienne, et il mourut en 310, âgé de 90 ans. Ainsi finit la race de Trenmor.

Fingal, héros accompli, avait élevé son peuple au-dessus du génie de son siècle ; — après lui les highlands retombèrent presque dans la barbarie ; les principaux chefs se déclarèrent indépendants de tout pouvoir central, des ligues se formèrent, des guerres civiles éclatèrent, les invasions des Irlandais et des Scandinaves recommencèrent ; les Gaëls et les Picts, bien que d'origine commune, formèrent peu à peu deux peuples différents de langage et de mœurs, et la guerre entr'eux fut presque continuelle ; les Gaëls, plus guerriers que leurs voisins de l'Est, finirent par les expulser de cette partie des lowlands ; et les Picts qui échappèrent au fer des Gaëls se retirèrent dans le sud du pays ou passèrent en Irlande. En 450 la division des highlands entre les différentes tribus s'accomplit : la configuration de ce pays si accidenté détermina le territoire des clans ; chaque clan occupant une ou plusieurs vallées, séparées des vallées voisines par des déserts ou des montagnes ; chaque clan, ou confédération de clans, élut un chef dont l'autorité fut à la fois tyrannique et paternelle ; ainsi se formèrent les clans des Campbells, des Grants, Frazers, Gordons, Huntheys, Athol,— Farguharsons, et ceux qui firent précéder leur nom de la particule générique *Mac*; tels que les Macphersons, Macintosh, Macdonalds, Macgrégors, etc. Je ne mentionne pas les Douglas, les Hamiltons, les Grahams, etc., puissantes familles qui, plus tard, jouèrent un grand rôle, surtout les Douglas qui disputèrent aux Stuarts l'autorité royale ; ces familles appartenaient aux Lowlands.

La Basse-Écosse avait alors des rois dont l'histoire est fort obscure : leurs annalistes mentionnent comme premier roi de l'Écosse du sud, *Fergus,* qu'ils font régner 350 ans avant l'ère chrétienne : mais ce ne fut que 1300 ans plus tard que l'histoire des rois Écossais commença à être authentique, lorsque Malcolm III monta sur le trône en 943 ; suivant de douteuses chroniques, ce Malcolm était le quatre-vingt-quatrième successeur de Fergus — lorsqu'en 436, le mauvais état des affaires de Rome força les Romains à abandonner enfin l'Angleterre, Gaëls et Scots se réunirent pour multiplier leurs incursions dans les provinces au-delà des murailles romaines et pour ravager tout le nord de l'Angleterre ; les Bretons appelèrent à leur aide les Saxons, et ceux-ci s'emparèrent du pays qu'ils étaient venus défendre : de protecteurs, les Saxons devinrent bientôt oppresseurs; nombre de Bretons, fuyant la tyrannie de l'étranger, se retirèrent dans les parties montueuses du pays de Galles (Wales, Welches), et s'y maintinrent indépendants ; d'autres passèrent en Écosse. — La guerre continua longtemps entre Scots et Saxons ; de ces derniers beaucoup se fixèrent aussi en Écosse, où ils apportèrent de nouveaux éléments de civilisation.

C'était l'époque (450-475) ou St-Ninians commençait à répandre le christianisme dans les Lowlands, pendant que St-Patrick évangélisait l'Irlande. — Là comme ailleurs, la nouvelle religion s'établissait sur les ruines de vieilles religions méprisées, déjà presque abandonnées. — 100 ans plus tard, à la voix d'un nouveau St-Paul, la religion chrétienne s'y établit définitivement : *St-Columba*, le grand convertisseur, était Irlandais et appartenait au sang royal ; il voyagea d'abord en Italie, puis en France, où Sigebert, admirateur de sa science et de ses vertus, essaya de le retenir. — En 563 il aborda à l'île d'Iona, suivi de douze disciples qui furent comme ses apôtres : après avoir chassé les Druides de ce dernier de leurs repaires, il fit construire à Iona une cathédrale et y fonda un collége qui devint une célèbre pépinière de prédicateurs. — Après avoir achevé la conversion des Lowlands, il passa dans les highlands, encore infestées de toutes sortes de croyances absurdes, issues d'un druidisme inintelligible. — Il réussit à implanter dans ces âmes sauvages, la douce morale de l'évangile ; mais nous verrons qu'elle y fructifia bien difficilement. — St-Columba fonda dans l'Écosse 300 églises et chapelles et 100 monastères ; — ce saint homme, qu'on pourrait considérer comme une première incarnation d'Albert-le-Grand, était aussi savant que pieux et éloquent. — De retour à Iona il rassembla dans son collége une multitude d'antiquités du pays, et parmi les manuscrits, les premiers où furent écrits les poëmes d'Ossian, jusqu'alors confiés à la mémoire des bardes, qui ignoraient l'art d'écrire. — Cette précieuse collection s'accrut pendant les siècles suivants ; — si elle nous eut été conservée, l'époque Fingalienne, restée presqu'à l'état de légende, nous serait familière ; mais en 980 les Danois firent une descente à Iona et massacrant, saccageant tout, n'y laissèrent que des cendres et des ruines.

Du VIe au Xe siècle, les highlanders, retirés dans leurs déserts, vécurent comme séparés du reste du monde, et excepté quelques querelles entre eux, plus sanglantes que d'usage, quelques excursions dans les Lowlands voisines, nous ne savons rien de certain de leurs faits et gestes. — A Malcolm II, premier roi d'Écosse bien historique, succéda en 1023 le bon roi Duncan, dont, grâce à Shakspeare, nous savons tous la fin tragique ; Macbeth, assassin de son roi, fut précipité du trône en 1047. — Bientôt après, Guillaume-le-Conquérant s'empara de l'Angleterre (en 1066). Lorsqu'il devint le tyran de ses nouveaux sujets, une multitude d'anglais, échappant à un joug insupportable, passèrent en Écosse. Malcolm III accueillit ces fugitifs, et Guillaume se promit de l'en punir; une sanglante guerre s'en suivit, et la dévastation des provinces frontières (The Borders'wars) recommença.

Pendant que les frontières du sud de l'Écosse étaient en feu, les côtes et les îles des Highlands étaient désolées par les irruptions des Scandinaves. — En 1263, Haco, roi de Danemarck, assaillit les côtes de l'ouest avec une grande flotte; elle fut dispersée par une tempête, détruite par les Calédoniens. Haco parvint difficilement à se sauver aux îles Orkeys (*Orcades*), qui depuis le temps des Fingaliens étaient restées au pouvoir des Northmen.

Des maux infiniment plus grands menaçaient l'Écosse : Edouard Ier était monté sur le trône d'Angleterre en 1274; dix ans après il avait saccagé le pays de Galles et fait égorger tous les bardes qui auraient pu ranimer par leurs chants le courage des vaincus; il avait fait des Wales, ce dernier refuge des vieux bretons, une province anglaise, soumise, mais frémissante; il projeta de traiter de même l'Écosse; — exerçant la politique machiavélique qui caractérise le gouvernement de sa nation, Edouard s'appliqua à fomenter les divisions intestines des écossais et remplit tout le pays de ses intrigues; soumettre la fière Écosse fut dès lors le but constant des efforts des anglais, et pour l'atteindre, aucun artifice ne fut négligé.

Le trône d'Écosse était vacant depuis la mort de Marguerite, petite-fille d'Alexandre III, et neuf compétiteurs se le disputaient : ils eurent l'imprudence extrême de prendre pour arbitre Edouard, qui mit alors en action la fable de *l'Huître et les Plaideurs* : d'abord il s'adjugea la suzeraineté sur l'Écosse, puis, au détriment de Robert Bruce, il donna le trône à Balliol, en fit son esclave, et, à force d'humiliations, le poussa à la révolte (1287). — L'armée d'Edouard était prête depuis longtemps ; il entre en Écosse, bat les écossais à Dumbar, fait Balliol prisonnier et l'envoie à Londres, — puis il livre l'Écosse à des gouverneurs dont la mission était de dénationaliser le pays (nous verrons plus tard Cromwell et Cumberland recommencer cette besogne). — Le pillage et la dévastation commencèrent : on détruisit les monuments publics, les dépôts d'actes nationaux, les curiosités historiques, etc. Pendant que ces nouveaux Verrès étaient à l'œuvre, un simple et pauvre gentilhomme campagnard releva le drapeau des Calédoniens.

William Wallace, jeune homme aussi remarquable par les avantages du corps que par sa merveilleuse intrépidité, se créa des partisans à la tête desquels il remporta divers avantages sur les Anglais. — Son armée se grossit de plusieurs clans et des vassaux de divers seigneurs lowlanders ; mais à l'approche d'une armée anglaise forte de 40,000 hommes la désertion se mit dans ses troupes. — Néanmoins, le 11 Septembre 1297, il battit les Anglais, les chassa de l'Écosse et ravagea leurs provinces frontières. L'année suivante, Edouard rentra en Écosse à la tête de 90,000 hommes, et Wallace, dont l'armée était de nouveau amoindrie par les jalousies des chefs écossais, fut forcé de livrer la désastreuse bataille de *Falkirk* (près de Stirling, le 22 Juillet 1298), où les Écossais furent complètement défaits. — Là périt Jacques Stuart, un de leurs plus vaillants chefs.

Wallace, sauvé du carnage, recommença la guerre de partisan, et pendant sept années il harassa les Anglais et les battit souvent. Edouard rentra en Écosse et recommença ses dévastations, et Wallace lui fut livré traîtreusement ; Edouard, après diverses indignités, fit décapiter, écarteler ce héros, dont les membres furent cloués sur les ponts de Londres ; la valeur de Wallace, ses exploits extraordinaires, son supplice atroce lui créèrent des vengeurs.

Robert-Bruce, séduit par les artifices d'Edouard, avait d'abord combattu contre Wallace même ; mais les amers reproches de Wallace l'avaient converti et il allait expier son erreur par des prodiges de valeur. — Découvrant dans Cumyn, son compétiteur au trône et son collègue dans leur œuvre patriotique, un traître secrètement vendu à Edouard, il le poignarda de sa main à Dumfries et après avoir couru mille dangers, il se fit couronner roi d'Écosse. — Edouard, furieux, fit saisir et pendre les deux frères de Bruce, et à la tête d'une nouvelle armée il marchait vers l'Écosse, résolu, cette fois, d'exterminer cette nation si difficile à soumettre, lorsque la mort le surprit à Carlisle, en vue de la frontière ; il mourut le 7 Juillet 1307 justement exécré de l'Écosse, qu'il avait si longuement désolée ; — en lui vivait ce génie perfide, égoïste, implacable, qui souvent s'est ranimé depuis dans sa nation; génie qui fit brûler vive Jeanne-d'Arc, et traita Montrose, ce second Wallace, comme l'avait été le premier. — De nos jours ce génie funeste s'est appelé Pitt, Castlereagh, etc., c'est lui qui, soulevant sans relâche l'Europe contre Napoléon, et le condamnant à succomber sur les champs de bataille, l'a martyrisé ensuite sur le roc de Ste-Hélène. — C'est le génie que nous avons vu fabriquer de faux assignats, des machines infernales et des bombes fulminantes. — C'est lui, enfin, qui, par son verdict du 17 Avril 1858, a pris sous sa protection d'infâmes régicides, et a ainsi rendu l'Angleterre solidaire du plus exécrable attentat.

La mort d'Edouard Ier donna quelque répit à l'Écosse ; mais le fils d'Edouard succéda aux projets comme au trône de son père. — Pour mieux les faire réussir, il convia au partage de l'Écosse tous les aventuriers de l'Europe, et il passa la frontière à la tête de 100,000 hommes. — Bruce, dont le pays avait été si longuement dévasté, dépeuplé, ne put lui opposer que 30,000 hommes. — Néanmoins il attendit l'ennemi aux champs de *Bannockburn*, près de Stirling, près du site funèbre de Falkirk, et là, le 23 Juin 1314, il vengea la défaite de Falkirk par une victoire bien plus mémorable encore — plus de la moitié de l'armée anglaise périt sur le champ de bataille ou dans sa fuite vers la frontière. — L'histoire nous offre peu d'exemples d'un succès aussi glorieux couronnant une si belle cause ! L'Écosse put enfin respirer.

— Neuf ans plus tard, Bruce remporta à Byland une victoire presqu'aussi signalée, et l'Angleterre consentit enfin, pour le moment du moins, à ce que l'Écosse fut une nation libre. — Robert Bruce mourut en 1329, laissant un nom consacré par les bénédictions de sa patrie et par l'admiration de l'Europe.

Pendant cette glorieuse période de l'histoire d'Écosse, les highlanders, à quelques exceptions près, se montrèrent patriotes intrépides et désintéressés, et ils ne partagèrent ni les défaillances ni les jalousies des chefs des Lowlands, — de ceux-ci, plusieurs mettant la liberté de la patrie au dessus de rivalités envieuses, se dévouèrent à la fortune de Bruce, et secondèrent puissamment leur vaillant chef. — Tel fut surtout le *black Douglas* (Douglas le noir), qui porta si haut l'illustration de sa famille; Douglas, l'ami dévoué, le digne émule de Bruce, et comme Bruce et Wallace, la terreur des envahisseurs Anglais. (Viz : *the castle dangerous* le château dangereux, de Walter-Scott). — Heureux les Douglas si tous fussent restés également fidèles à leurs souverains! — Mais, comme chez nous les Guises, aveuglés par l'ambition, ils essayèrent de s'emparer d'une couronne qu'ils avaient si bien défendue, et, comme les Guises, ils échouèrent dans cette tentative audacieuse et criminelle.

Au fils de Robert Bruce, David II, qui mourut en 1370 sans enfants mâles, succéda son neveu Walter, Steward, c'est-à-dire chancelier d'Écosse, charge éminente que cinq membres de sa famille avaient déjà remplie. — Le nom de Robert étant cher aux Écossais, Walter le prit et y ajouta celui de *Steward* ou *Stuart*, de sa charge précédente; ce Robert Stuart fut donc le premier des rois de ce nom qui eurent à souffrir tant de royales misères. — On peut juger de leurs infortunes et de celles de leurs prédécesseurs en remarquant que de ceux-ci, depuis Malcolm III, la moitié périrent de mort violente, et que des six rois successeurs de Robert II jusqu'à Jacques VI, qui devint roi de la Grande-Bretagne en 1603, cinq eurent une mort pareille.

Depuis que les highlands étaient gouvernés par des chefs nombreux, indépendants les uns des autres, se jalousant mutuellement, et reconnaissant à peine l'autorité des rois lowlanders, des querelles interminables, souvent sanglantes et parfois atroces, désolaient le pays : en 1392 l'animosité était telle entre le clan chattan et le clan kay, que Robert III, ne pouvant les réconcilier, permit que l'affaire se vidât en champ clos et en présence de toute la cour, par un combat de trente contre trente, combat dont Walter-Scott a tiré un si grand parti dans sa *fair maid of Perth*. Un seul homme du clan kay échappa, sans blessure, au carnage ; du clan opposé dix combattants survivaient, mais tous blessés ; le kay s'enfuit, et les siens le massacrèrent pour le punir de n'avoir pas continué le combat ; la besogne du nouvel Horace aurait été bien plus difficile encore que celle de l'ancien !

Pendant que Henry VIII d'Angleterre envahissait le nord de la France et assiégeait Térouanne, Jacques IV d'Écosse crut l'occasion favorable pour envahir l'Angleterre, et il passa la frontière. — Le comte de Surrey marcha à sa rencontre : le 9 Septembre 1513 eut lieu la fameuse bataille de Flodden-field (voyez le *Marmion*, poëme de Walter-Scott). L'armée écossaise fut entièrement défaite : le roi fut tué ainsi que 2 évêques, 25 comtes et barons, 200 gentilshommes de la famille des Douglas et 10,000 hommes des meilleures troupes de l'Écosse. — L'aile droite formée des highlanders sous la conduite de Lennox et du duc d'Argyle, ne voulant pas lâcher pied, fut taillée en pièces. — L'armée anglaise, à son tour, passant la frontière, ravagea la Basse-Écosse et quelques districts des highlands ; mais elle ne s'obstina pas, cette fois, à soumettre un pays si difficile à garder.

Pendant la régence qui suivit la mort de Jacques IV, la puissante famille des Douglas essaya de s'emparer du trône, et d'abord se saisit du prince royal qui, s'échappant de leurs mains, prit le titre de Jacques V ; ce fut le plus brave, le plus énergique des Stuarts, mais il ne fut pas plus sage ni plus heureux que les autres. — Il commença par chasser les

Douglas, puis il exila ou fit périr les seigneurs de la frontière dont les dépradations sur les terres anglaises entretenaient la guerre. — Il voulut également purger les highlands de chefs turbulents et insoumis et il y réussit en partie; cette imprudente sévérité le priva d'une foule de braves et ranima l'animosité entre les montagnards et les Lowlanders ; et lorsque, voulant venger la mort de son père, il envahit l'Angleterre et se trouva en présence de l'armée ennemie, la sienne se débanda presque sans combat : Jacques en mourut de honte et de douleur. Peu de jours avant, il avait appris la naissance de sa fille unique, Marie Stuart, de douloureuse mémoire.

Nous sommes en 1542. — Malgré le désastre de Jacques V, l'Écosse restera maîtresse d'elle-même pendant un siècle encore; c'est-à-dire jusqu'au temps où les dissensions de ses habitants et le génie de Cromwell l'auront courbée sous le joug de l'Angleterre. — Cette période de cent années est palpitante d'intérêt ; faute d'espace, nous n'en parlerons que très sommairement ; elle nous est familière, d'ailleurs. Marie Stuart ayant été reine de France avant d'être reine de son propre pays, les regards de la France commencèrent alors à se tourner vers l'Écosse beaucoup plus que précédemment. — Ce fut en 1587, qu'en versant d'hypocrites larmes, l'envieuse et haineuse Elisabeth d'Angleterre envoya à l'échafaud sa cousine, la gracieuse, la belle et spirituelle fille de Jacques V. — Seize ans plus tard, le fils de la victime remplaçait sur le trône le bourreau de sa mère ; Jacques VI d'Écosse devint Jacques Ier d'Angleterre, et, pour la première fois, la Grande-Bretagne entière obéit au même Roi ; mais l'Écosse conserva son parlement, ses lois, sa religion ; elle ne fut pas la sujette, elle fut à peine l'alliée de son ancienne rivale, si longtemps son ennemie. —Cet état de chose continua jusqu'en 1707, alors qu'eut lieu le *traité d'Union* qui, faisant de l'Écosse une province anglaise, ne lui laissa plus qu'une ombre d'autonomie.

Retournons en arrière. En 1550, à la voix de *John Knox*, sectaire aussi violent que Luther, aussi austère que Calvin, la réformation avait fait explosion en Écosse. — On peut s'imaginer facilement quelle dût être la frénésie religieuse chez des esprits si sombres, si disposés au fanatisme. — Leur catholicisme avait été superstitieux, leur protestantisme fut furibond : — aux premiers puritains, si exaltés, succédaient des puritains plus fanatiques encore ; — plus tard, lorsque l'Angleterre était désolée par la guerre des royalistes et des parlementaires, l'Écosse était ensanglantée par les fureurs de sectes également intolérantes. La cause des Stuarts partagea aussi l'Écosse et même les highlands en deux camps. — L'intrépide *Montrose*, héros à la façon des grands hommes de Plutarque, embrassa cette cause : à la tête d'une petite armée de highlanders, et prodiguant la valeur la plus chevaleresque, il battit plusieurs généraux parlementaires, et surtout le duc d'Argyle, montagnard de la tribu des Campbells ; après diverses vicissitudes, trahi par les siens et par la fortune, Montrose fut battu par Lesley, le chef des puritains, et traîtreusement livré à ses ennemis (en 1650) : sa gloire, sa chûte et son supplice en firent un autre Wallace. — Afin que la mort lui parut plus cruelle, on le pendit sur la place du marché, à Edimbourg ; puis le cadavre fut décapité, écartelé, les membres furent cloués aux portes des principales villes de l'Écosse, et la tête fut fixée sur la prison d'Edimbourg (*the heart of Mid-Lothian* de Walter-Scot, *the Talbooth*, dont j'ai vu disparaître les derniers restes en 1829). Argyle put se repaître longuement de ce hideux spectacle ; mais, étrange revirement des choses humaines ! à la restauration de Charles II, la tête d'Argyle alla remplacer sur le Talbooth celle de son rival... Le jeune duc d'Argyle, voulant venger son père, conspira à main armée, et lui aussi il fut décapité ; l'instrument de son supplice n'était autre qu'une guillotine grossière qu'on nommait : *The Maiden*, La Pucelle. — La révolution de 1789 n'a donc pas inventé la guillotine ; elle a seulement perfectionné cet instrument de mort, dont elle a fait un si terrible usage !

Lesley, à son tour, dut apprendre combien la fortune est capricieuse ! *Cromwell* , dans dix batailles, avait écrasé le parti royaliste, et le sang des *cavaliers* avait coulé à torrents sous les coups des *round-heads* (les têtes rondes, à cause de la forme de leur casque). — L'Irlande s'était soulevée, et Cromwell l'avait noyée dans le sang ; c'était le tour de l'Écosse qui ne se montrait pas assez obséquieuse, et dont le fanatisme religieux différait en quelques points du fanatisme des *saints* anglais. Lesley, le vainqueur de Montrose, allait se mesurer à Dumbar avec Cromwell, vainqueur de tant de braves généraux.— Quel spectacle pour un philosophe, quel spectacle à la fois risible et navrant que ces deux armées également braves et bigotes, préludant au carnage en s'anathémisant, se maudissant au nom d'un Dieu de paix et d'amour ! — Cromwell, encore plus tacticien que dévot, était le maître dans son armée, tandis que Lesley était dominé par des prédicateurs imprudents et furibonds ; — aussi fut-il battu complètement.

Le silence et la terreur régnant partout, Cromwell put à son aise décimer, ruiner l'Écosse ; pendant plusieurs années il en exigea une contribution de guerre exorbitante (125,000 francs par mois), il s'acharna surtout sur les pauvres highlanders, saccagea leurs bourgs et détruisit les forêts qui leur servaient de refuge ; les malheureux furent traqués comme des bêtes fauves. — En vain *Cameron of Lochiel* (Mac Connill Dhu en gaëlique), le tueur de loups, imitateur des héros d'Ossian, résista-t-il pendant quelque temps ; il dut céder à son tour et ce fut le dernier écossais qui osât tenir tête au terrible tyran de l'Angleterre.

L'abus du droit divin avait fait monter sur l'échafaud le protestant Charles Ier. — Le zèle d'un jésuitisme aveugle fit chasser de son trône le papiste Jacques II, dernier roi Stuart et le plus imprudent de tous.

Un parent du grand Montrose essaya encore de relever la bannière des Stuarts : le vicomte de Dundée, *Clavers* (le *Claverhouse* de Walter-Scott, dans *Old mortality*), après avoir été le fléau des coventaires qui le prenaient pour le diable, tant extraordinaires étaient sa valeur et son audace ! Clavers souleva une partie des highlands en faveur de Jacques II, et remporta en 1688 une victoire signalée, dans le défilé de Kyllycrankye ; — mais les Stuarts portaient malheur à tous ceux qui embrassaient leur cause : une balle perdue, pénétrant au défaut de la cuirasse de Clavers, le tua, pour ainsi dire, dans les bras de la victoire.

En 1715, les jacobites écossais et ceux du nord de l'Angleterre tentèrent, en faveur du fils de Jacques II, le chevalier de St-George, une restauration presqu'impossible : de nouveau l'Écosse se partagea en deux camps, les highlanders du comte de Mar, partisan du prétendant, se battirent contre ceux du nouveau duc d'Argyle, qui demeura vainqueur, à la bataille de *Sheriffmuir*. — Cette expédition, très mal conduite, ne servit qu'à ruiner divers chefs de clans et de grandes familles des deux pays.

Nous arrivons enfin à l'audacieuse et déplorable tentative du prince *Charles-Edouard*, fils du chevalier de St-George, événement qui a fourni à Walter Scott la matière de son admirable *Waverley*, le premier en date de ses romans historiques et peut-être le premier en mérite. Cette expédition nous intéresse particulièrement, car elle fut l'œuvre des highlanders ; elle attira sur leur pays de longues et cruelles souffrances, et, entr'autres conséquences, elle faillit jeter pour jamais dans l'oubli Ossian et toute l'époque fingalienne.

Le 25 Juillet 1745, le brick français la *Doutelle* débarqua sur la côte du Moidard Charles-Edouard et une poignée d'aventuriers ; Cameron de Lochiel, avec qui Edouard s'aboucha en prenant terre, trouva l'entreprise si désespérée qu'il refusa d'abord d'y prendre part, et elle faillit échouer au début ; mais Lochiel, se rappelant l'héroïsme de son grand-père, luttant contre Cromwell, se dévoua généreusement, et son exemple entraîna plusieurs chefs de clans voisins. Lochiel s'empara d'Edimbourg, mais non du vaste château qui domine la ville, et Edouard s'installa au palais d'Holyrood ; — bientôt l'armée anglaise, commandée par Cope, débarqua à Dumbar, et, près de là, à Preston-Pans, elle livra bataille aux highlanders; elle fut battue, dispersée, et perdit tout son bagage. Ce triomphe enfla le cœur d'Edouard : il passa la frontière et marcha vers Londres, espérant soulever les jacobites anglais, mais ceux-ci ne bougèrent pas ; la division se mit parmi les chefs écossais, et la pauvre petite armée de montagnards, arrivée à Derby et manquant de tout, dut battre en retraite, de peur d'être coupée. — Rentré en Écosse, Edouard reçut des renforts et remporta une nouvelle victoire ; puis il fut forcé de se jeter dans les montagnes ; il campait sur la lande de Culloden lorsqu'il fut attaqué par une armée commandée par le duc de Cumberland, fils de George II, armée double en force de la sienne, et qui s'était accrue des highlanders ennemis de ses partisans. Là s'éteignit la nébuleuse étoile des Stuarts (16 avril 1746). — L'armée du prétendant fut mise en pleine déroute ; Edouard ayant échappé au massacre, sa tête fut mise à prix : on offrit 30,000 pounds (750,000 francs) à qui le livrerait mort ou vif ; mais, exemple de désintéressement et de dévouement admirables ! cette somme énorme ne tenta point les pauvres montagnards à qui il dût se confier ! pas même quelques voleurs dont il dût habiter le repaire ! Après cinq mois et demi de périls extrêmes et d'aventures romanesques, partout traqué et toujours échappant aux mains prêtes à le saisir, il parvint à s'embarquer sur une frégate française envoyée à sa recherche ; accompagné de son fidèle Cameron et d'une centaine d'autres proscrits qui l'avaient rejoint, il débarqua à Morlaix, le 29 Septembre suivant.

Ce Cumberland, vainqueur d'Edouard, était le même que nous venions de battre à Fontenoy, que bientôt après nous vainquîmes de nouveau à Lawfeld ; aigri par sa défaite de Fontenoy, par la déroute de Cope et de Hawley, battus par Edouard, professant un protestantisme différent de celui de l'Écosse, anglais et ayant à verser du sang écossais et jacobite, il ne l'épargna pas ! Ce sang coula sur les échafauds à Carlisle, à York, à Brampton : le comte de Kilmarnock, les lords Balmerino, Radcliff, et Frazer of Lovat furent décapités, ainsi qu'une foule d'autres gentilshommes. Cependant *bloody Cumberland* (le sanglant, le boucher, comme on l'appelait) n'alla pas jusqu'à attacher ses prisonniers à la bouche du canon, — barbarie dont l'Inde anglaise vient de nous donner le spectacle ! A cela près sa vengeance fut impitoyable.

Cumberland s'acharna surtout sur les pauvres highlanders : — sans doute l'état social des highlands avait de graves inconvénients et ne pouvait subsister longtemps devant une civilisation plus avancée ; mais nous n'avons pas à le considérer sous ce point de vue, — disons seulement que le temps eut opéré des réformes raisonnables sans secousses trop violentes. — Ainsi, en France, lors de la grande révolution, des réformes étaient indispensables, et elles s'opéraient glorieusement, d'autres eussent été amenées par la raison et la philosophie. — Mais bientôt *les bourreaux barbouilleurs de lois* s'en mêlèrent, comme disait André Chénier. — La terreur et l'échafaud furent les seuls législateurs, et, sans transition, les réformes les plus radicales et même les plus folles furent opérées par les moyens les plus criminels.

Les highlanders avaient conservé jusqu'alors les singularités qui les spécialisaient, leur costume bizarre, leur accoutrement guerrier ; ils copiaient, récitaient, chantaient encore les poëmes d'Ossian et d'autres bardes plus modernes, dansaient aux sons de la cornemuse et gardaient leurs habitudes de féodalité patriarcale. — L'occasion était belle pour les priver de cette nationalité, elle leur fut défendue sous les peines les plus sévères. — Leurs armes, *the dirk* (long poignard), *the buckler* (bouclier, car ils en faisaient encore usage), *the lochaber axe* (espèce de hache), — toute arme quelconque, — *the plaid* (très grande écharpe servant de manteau au besoin), *the tartan* (lainage bariolé), *philabeg, trews, kilt, bag-pipes, pibrocks*, airs nationaux , recueils de ballades et jusqu'à leur vieil idiome gaëlique, tout fut prohibé, anéanti autant que possible.— Comme au temps d'Edouard Ier et de Cromwell, et plus rigoureusement encore, leurs solitudes furent fouillées par la soldatesque anglaise, et il n'y eut plus dans les highlands, défilé si sauvage, désert si repoussant, antre si ténébreux qui put protéger les proscrits contre les recherches de leurs ennemis. — La délation, habilement entretenue, acheva de répandre partout le découragement et la terreur; — et quand la main de fer qui étreignait ainsi les highlands eut enfin lâché prise, les descendants des fingaliens étaient dégénérés. — Une nouvelle civilisation faisait disparaître les singularités de l'ancienne. — Le gaël se rapprochait du scot, mais le scot ne devenait point anglais ! — Maintenant encore le scot reste scot; ôtez au scot, à l'irishman, au welch même, sa nationalité spéciale, et il dégénère à l'instant; l'anglais, s'il n'est anglais pur sang, ne l'est pas du tout.

Pendant cette transformation si douloureuse, au milieu de toutes ces misères, le souvenir des siècles héroïques faillit se perdre à jamais.— La plupart des manuscrits furent détruits. — Les bardes, que les grandes familles avaient entretenus jusqu'alors, cessèrent de rappeler le passé. — Les vieillards qui savaient par cœur les vieux chants du pays, négligèrent de les transmettre à la mémoire d'une nouvelle génération qui ne s'en souciait plus; les traditions s'embrouillaient, se perdaient. — C'en était fait sans doute des chants d'Ossian, de la gloire des fingaliens, de la connaissance de leur patrie et de leur époque, si le génie de la poésie et de l'histoire des vieux temps n'eût chargé le jeune Macpherson d'une mission vraiment providentielle.

CHAPITRE III.

Macpherson ressuscite les Fingaliens.

James *Macpherson* était né en 1738. à Kingensie, de parents pauvres, mais de sang noble; son enfance avait été témoin des misères dont nous venons de parler.—Elles lui rendaient plus chers ses highlands, plus précieux les fragments de poésie erse qu'il avait appris de bonne heure.— Ces fragments lui donnèrent l'idée de composer un poëme national.

En attendant il fut forcé, pour vivre, de se faire maître d'école, puis précepteur chez le comte de Graham, où il se lia avec Home, littérateur distingué, qui encouragea les premiers essais du jeune montagnard et l'engagea à faire un voyage dans les highlands, à la recherche de cette poésie antique qui charmait tant son imagination et son cœur patriotique. — Macpherson voyagea donc ; il s'enquit, il butina diligemment. — A vingt-deux ans, il publia son poëme *the Highlander*, qui ne réussit guère, et fut surtout bafoué par les critiques de l'*Edinburg magazine*; du moins il avait attiré sur lui l'attention du public, et lorsque deux ans après il publia ses *Poems of Ossian , ou recueil d'anciennes poésies recueillies dans les montagnes d'Ecosse et traduites du gaëlique*, — ce fut un événement retentissant, toute une révélation, — et bientôt ce fut une affaire de nationalité ; — les patriotes écossais portèrent l'œuvre aux nues, — les critiques anglais la déchirèrent. — Le savant docteur Blair publia un mémoire apologétique sur Macpherson et son œuvre ; mais le redoutable docteur Johnson se moqua du succès de l'écossais, qui l'importunait.

Samuel Johnson, le grand lexicographe, comme on l'appelait, né trente ans avant Macpherson, et longtemps plus pauvre encore que l'Ecossais, avait été aussi maître d'école (à Lichfield dans le Staffordshire) ; ses travaux littéraires et surtout son immense dictionnaire de la langue anglaise l'avaient illustré et enrichi, et son orgueil s'était enflé comme sa fortune; c'était un de ces *Downright, regular John Bulls*, qui n'aiment et n'admirent que l'Angleterre, et se soucient infiniment peu de tout le reste.— Un de ces Anglais, comme il y en a encore, qui, en politique, font aux seuls Français l'honneur de les haïr. — Johnson prétendit que Macpherson n'était qu'un *rascal* (gredin) qui avait tout inventé. — Les Écossais répondirent que le *big doctor* (Johnson, très grand mangeur, était d'une corpulence énorme), n'était qu'un *overbearing pedant* (un pédant outrecuidant) ; Macpherson parla d'aller bâtonner le critique ; Johnson, qui était fort du poignet comme de la plume, affecta de ne plus sortir qu'armé d'un gourdin formidable ; et bien qu'il fut un *church of England bigot* (bigot de l'église d'Angleterre), il publia une apologie du duel ; posant en principe que de même qu'on expose sa vie pour défendre son bien, on a le droit de l'exposer dans un duel pour défendre son honneur. — On lui répondit qu'il était l'agresseur et que son honneur n'était point en question, mais bien sa politesse et son bon sens.— Car, ajoutait-on : « Supposer que Macpherson soit l'inventeur de ces admirables poésies, c'est lui accorder une science des temps passés, un génie que ce jeune homme est loin de posséder. — D'ailleurs il a fait imprimer le texte du poëme de Temora, par où il a débuté, en même temps que sa traduction ; enfin ces poésies, et d'autres encore, se retrouvent dans les highlands » ; — alors Johnson soutint qu'elles ne pouvaient avoir que quelques siècles d'antiquité. — Il fit même un voyage dans le nord de l'Écosse, à la recherche d'Ossian, disait-il ; mais son siége était fait d'avance et l'on devine qu'il ne trouva rien. — Il finissait par avouer que « Of the gaëlic language I understand nothing, but I know it is the rude speech of a barbarous people ». — Je ne comprends rien au gaëlique, mais je sais que c'est le rude langage d'un peuple barbare.— Le docteur ne savait pas même le broad-scotch, l'écossais vulgaire, si différent de l'anglais classique, seule langue moderne qu'il connût bien ; il est vrai qu'il était d'une force prodigieuse sur le grec et sur le latin.

On répliqua : comment juger d'une langue dont on ne sait pas un mot ! — Parce que cette langue est primitive, manque-t-elle nécessairement de poésie ? Le langage de Job et de Moïse est primitif aussi, et ils n'en sont pas moins de grands poetes. — Il aurait été impossible de composer ces poëmes du XIII au XIVe siècle, car alors l'Écosse était en proie à toutes sortes de dissensions. — Où l'auteur, qui serait bien connu s'il était si moderne, aurait-il trouvé tant de sublimité de sentiments, de vérité d'expression ! — Plus tard, l'Ecosse étant livrée aux fureurs du zèle religieux, l'auteur n'eût pas manqué de faire jouer un rôle à cet esprit dans son œuvre, tandis qu'on n'y en trouve pas trace ; enfin, ces poëmes mettent en scène toute une époque inconnue, — tout un monde nouveau, monde dont toutes les parties sont admirablement coordonnées, — œuvre qui paraît d'autant plus sincère (genuine), plus historique, qu'elle est plus impartialement examinée. L'acrimonieux pédant continua à protester jusqu'à sa mort, qui eut lieu en 1784.

Plus sage fut La Harpe, lorsque Lantier publia ses *Voyages d'Antenor en Grèce et en Asie*, qu'il disait être la traduction d'un manuscrit trouvé dans les ruines d'Herculanum. — On nous trompe ! dit La Harpe, mais puissions-nous être souvent trompés ainsi ! — Ce qui n'empêcha pas d'aigres critiques de traiter Lantier aussi outrageusement que Johnson avait traité Macpherson.

Comme un voyageur, revenu de pays presque inconnus, raconte des choses qui semblent invraisemblables, et n'est pas aisément cru sur parole, ainsi Macpherson et ses amis laissaient l'opinion en suspens ; mais de puissants auxiliaires leur vinrent en aide : *John Clarke*, savant highlander qui possédait à fond la langue Erse, publia un volume sous le titre de *Poésies des bardes calédoniens*. — Puis *John Smith* publia ses *Antiquités gaëliques*, qui corroborent ce qu'avaient écrit Clarke et Macpherson. Johnson n'était plus, — un transfuge écossais le remplaçait : *William Shaw*, qui avait longtemps mangé à la table de Johnson, trouva profitable de manger du Macpherson. Shaw était Lowlander, c'est-à-dire fort mal disposé pour tout ce qui venait des highlands ; l'antipathie entre High et Low Landers susbsistant encore à cette époque ; il écrivit donc que les amis de Macpherson s'étaient procuré des manuscrits irlandais et les avaient fait apprendre par cœur à des highlanders, qui les répétaient comme œuvre d'Ossian. — Alors Clarke rentre en lice et, perdant toute patience et toute mesure, fustige la mémoire de Johnson et de son continuateur. — Après une foule d'aménités réciproques, John Shaw se tint pour battu ; il l'était d'autant mieux, qu'en 1787 John Smith publia le texte original des 14 poëmes dont il avait donné la traduction dans ses *Antiquités gaëliques*.

Qu'était devenu Macpherson, pendant ce long débat? Macpherson était un homme entreprenant, un esprit aventureux, ce que l'on appelle encore dans le langage de son pays, *a Canny Scotman, a bonnie Callan*, un gaillard ! il voulait surtout faire fortune : — il avait suivi en Amérique, comme secrétaire, Georges Johnston, gouverneur de la Floride. —De retour en Écosse et voyant que son Ossian réussissait si bien, il imagina de faire pour l'Homère grec ce qu'il avait fait pour le Calédonien : il le traduisit en prose Ossianique ; — ce fut une chute complète. — Les lecteurs, ceux mêmes qui admiraient le plus l'Homère gaëlique et son traducteur, se moquèrent du Ionien ainsi travesti. — Macpherson réussit mieux à écrire des pamphlets, des brochures politiques. — Il trouva infiniment plus de profit encore à se faire l'avocat d'un prince indien : le nabab d'Arcot avait fait choix de lui pour plaider contre la Compagnie des Indes, qui le volait, le dépossédait par toutes sortes de moyens, — traitement que *l'honorable Compagnie* fit subir successivement à tous les malheureux princes du pays. — L'avocat savait bien que la cause était perdue d'avance, quand les accusés étaient en même temps les juges. — Il plaida néanmoins, et longuement, et son zèle fut si grassement rémunéré qu'il devint lui-même une espèce de nabab. — Dès lors, il ne se soucia plus du bruit qui se faisait autour de son Ossian ; — il n'était même pas fâché qu'on le soupçonnât d'être le vrai Ossian ; — sa vanité s'accommodait fort bien de la supposition, et il s'amusait à embrouiller la question par des réponses ambigües. — Cependant, aidé de son ami Sinclair, il préparait une édition de tous les textes originaux, lorsqu'il mourut en 1796. — Ses tergiversations, le soin qu'il avait pris de cacher la plupart des manuscrits qu'il possédait, afin qu'on ne put voir comment il avait arrangé ses traductions, les différences entre ses matériaux et d'autres textes et traductions, le mystère qui enveloppait encore toute l'affaire, soulevèrent de nouvelles objections ; les doutes se multiplièrent, et l'ombre de Johnson reparut dans la lice.

The highland society, société littéraire composée d'hommes éminents, de savants distingués, fatiguée d'une querelle interminable, voulut enfin savoir à quoi s'en tenir sur cette authenticité toujours contestée. — En 1805, elle fit circuler dans toute la haute Écosse et dans les îles voisines, deux questions réduites ici à leur plus simple expression :

1° La poésie dite ossianique a-t-elle existé?

2° Que penser de ce que Macpherson a donné comme la traduction de cette poésie ?

Les réponses furent nombreuses et parfaitement concordantes : — Oui, la poésie ossianique a existé pendant bien des siècles, et même elle existe encore dans les Highlands. — Oui, Macpherson a traduit, et non créé, — mais il a beaucoup arrangé ; il a rempli des lacunes, — il s'est permis des libertés grandes. — Il ne pouvait faire autrement, et il l'a fait avec un goût, un talent remarquable, sinon avec le génie de son modèle.

Telle fut la réponse de juges impartiaux et compétents, et elle est décisive. — Alors la Highland society résolut de payer au génie d'Ossian et à la mission de Macpherson, un tribut bien mérité et si longtemps différé. — En 1807, elle publia une magnifique édition des 22 poëmes originaux, d'abord traduits par Macpherson, et de 18 autres également authentiques, avec la traduction littérale latine en regard, et elle y ajouta toutes les pièces justificatives recueillies par Sinclair, l'ancien ami de Macpherson.

Parmi les manuscrits mis à la disposition de cette société, plusieurs avaient plus de 200 ans d'antiquité. — Quelques-uns étaient Irlandais : ce sont d'antiques imitations d'Ossian, arrangées dans le but de transporter en Irlande Ossian et ses héros, projet impossible à réaliser. — D'autres poésies doivent être attribuées à Ullin, à Urrann, etc., bardes contemporains d'Ossian, ou ses continuateurs ; on reconnaît facilement cette poésie, surtout l'irlandaise, à son mauvais goût, à l'extravagance de ses exagérations. Les 25 pièces traduites presque mot pour mot et publiées en 1814 par Mac Cullum, à Montrose, en réponse aux objections de Malcolm Laing, qui n'avait voulu voir en Macpherson qu'un plagiaire de l'antiquité classique, sont presque toutes de cette qualité inférieure. — D'autres manuscrits ont péri, dont l'existence a pu être constatée. — Le plus curieux, le plus volumineux, se trouvait à Douai, c'était l'œuvre du savant jésuite Farquharson, préfet du collége des catholiques écossais dans cette ville. Dès sa première jeunesse, Farquharson s'était amusé à collectionner des fragments gaëliques, écrits ou confiés à la mémoire ; venu en France, il fit de son butin un volume in-folio écrit de sa main, et le communiqua à nombre d'amateurs, se plaignant toujours que Macpherson, au lieu de rendre justice à l'original, restât trop au-dessous de son modèle. — En 1793, Farquharson, forcé de s'enfuir de France en toute hâte, pour échapper à la guillotine, laissa à Douai son manuscrit qui, tombé aux mains des écoliers, et considéré comme un grimoire indéchiffrable, fut lacéré, et finalement jeté au feu. L'existence d'Ossian, l'authenticité de son œuvre, étant hors de doute, il ne s'agissait plus que de déterminer exactement son époque et sa nationalité : c'est à quoi s'exercèrent érudits et critiques.

L'Irlande réclamait Fingal et produisait, à l'appui de sa demande, des traditions et des poëmes antiques. – Le nom de Fingal était familier à l'Irlande du nord (l'Ulster, et partie du Connaught et du Leinster), nombre de guerriers irlandais figurent dans les poëmes d'Ossian, nombre de faits éclatants se passent en Irlande. — C'est qu'en effet Fingal fit plusieurs expéditions dans cette partie du pays, peuplée de Gaëls et gouvernée par sa famille ; j'ai dit que des deux fils de Trenmor, l'un, Trahal, fut le premier roi de Morven, l'autre, Conard, premier roi de l'Irlande. — Ce Ferad-Artho (Poëme de Temora), rétabli sur le trône par Fingal, était donc son parent, mais évidemment il n'était pas son compatriote. -- Il y avait bien dans l'Ulster (Ullin dans les poésies) un palais du nom de Tura, mais ce ne pouvait être celui dont la dévastation fut si fatale aux Fingaliens. Le selma (palais royal) irlandais ne pouvait être situé dans le Glen Coe, etc. ; au lieu de multiplier ces démentis, disons que, dans la poésie fingalienne, l'Irlande porte les noms d'Inisfail et d'Ear-in, l'île de l'ouest, — d'où, de nos jours, Erin, la verte Erin ; Temora, la capitale, était située dans l'Ulster. — Le midi du pays était peuplé de Bretons, de Saxons et surtout de Belges, qu'on nommait Fir-bolgs, gens de trait, à cause de leur habileté à tirer de l'arc. — L'Irlande était moins civilisée que la Calédonie. — Grâce à la politique anglaise, il en est encore de même.

Il est aussi souvent question de la Scandinavie dans les poëmes ; malgré l'imperfection de la science nautique à cette époque, et malgré la distance à parcourir dans de grossiers navires sur une mer si orageuse, les Scandinaves assaillirent bien des fois les côtes du Morven. — Dans le poëme de *Cath Loda*, où le jeune Fingal figure pour la première fois, la scène est en Danemark, où une tempête a jeté le navire de Fingal.

Lochlin désigne surtout le Jutland, — et le nom de Copenhague était *Béïrba*. *Loda* et *Cruthloda* (Odin), était le nom de la cruelle divinité de ces peuples, bien plus sauvages, plus barbares que les Calédoniens. — Fingal, ce héros aussi humain que vaillant, détestait les féroces Scandinaves et méprisait leur sanglante divinité.

Dans notre revue des highlands nous avons signalé diverses localités dont les noms sont encore ossianiques, il en existe d'autres.— Le pays très accidenté, qui fait face au débouché du Glen Coe, se nomme Morvern, nom dérivé de Morven ; tel lieu nous fait souvenir de Gaül, tel autre de Dargo ; on conserve dans l'île de Skye le tombeau de Cuthullin. Nous trouvons dans les vieux manuscrits gaëliques des phrases qui de temps immémorial sont devenues des adages, des maximes, des axiômes toujours en usage.— Si deux adversaires luttent, on s'écrie encore : *Cathrom na fionne dhoith !* qu'ils aient chance fingalienne ! (égale). C'est le : give them fair play ! — Let them stand on equal terms ! des anglais. — Un homme athlétique est : *co laidir vi Cuthullin* — fort comme Cuthullin. — L'homme impérieux est : *Garbh mac stairn*; fier comme Swaran! Et *cha do dhochaim Fionn namb a gheill:* Fingal n'insultait pas les vaincus! est le contraire du cruel : vœ victis! du brennus gaulois ; le mot *fion* se rencontre dans diverses autres phrases populaires.

L'époque ossianique n'est pas plus difficile à déterminer : Ossian parle souvent des Romains qu'il appelle : les rois du monde, les rapides cavaliers. Dans le poëme dramatique de *Comala,* si touchant et si pathétique, Caracalla figure sous le nom de Caracul, et il s'agit de la folle expédition qu'il fit en 211 contre la Calédonie. Le Caros, du poëme : *the war of Caros* (la guerre de C.), est ce Carausius qui, gouverneur de la Grande-Bretagne, se révolta contre la mère-patrie, batailla contre les flottes de Maximin Hercule et se fit couronner empereur de l'Angleterre et des îles en 287. Oscar, fils d'Ossian, l'attaqua, pendant que Carausius faisait réparer la grande muraille d'Agricola. — Lors des persécutions de Dioclétien contre les chrétiens, au commencement du IVe siècle, Constance Chlore commandait en Angleterre ; sa tolérance pour le nouveau culte étant bien connue, nombre de chrétiens se réfugièrent dans son gouvernement ; plusieurs pénétrèrent dans les Highlands et allèrent occuper les cellules, les grottes des Druides. — Ils reçurent le nom de *culdées,* solitaires ; ils sont souvent mentionnés dans les poëmes. — C'est à un culdée qu'Ossian s'adresse lorsqu'au début du poëme de la bataille de Lora, il s'écrie : *Son of the distant land,who dwellest in the secret cell, j heard a tuneful voice ; dost thou praise the chiefs of thy land, or the spirits of the wind?* Fils d'une terre éloignée, habitant de la grotte sauvage, est-ce ta voix mélodieuse que j'entends? Chantes-tu la louange des chefs de ton pays, ou les esprits des vents? etc. Il est évident que le vieil Ossian estimait ces premiers missionnaires du christianisme, et qu'il avait quelqu'idée du dogme chrétien.

Quant aux critiques de détails : comment expliquer le génie d'Ossian, l'existence de sa poésie, la sublimité de ses sentiments, eu égard aux temps et aux lieux? — Pourquoi revêt-il d'armures ses guerriers? Pourquoi ne fait-il jamais intervenir la divinité? Pourquoi ne professe-t-il aucun culte, etc.? Ce qui nous reste à dire répondra suffisamment à ces objections. — Pour nous, la cause est entendue, le procès est jugé et bien jugé! En rappeler serait faire preuve d'une obstination puérile et ridicule. Maintenant que Johnson et ses acolytes sont restés sur le champ de bataille, après une lutte de plus d'un demi-siècle, voyons ce qu'ont été Ossian et ses héros; et, d'après les données de ces poëmes nationaux, et nous aidant des traditions et de savantes recherches, essayons de reconstruire l'état social du royaume de Morven.

CHAPITRE IV.

Dissertation sur les Poëmes d'Ossian.

Les poésies dites ossianiques sont au nombre de plus de 60, depuis la romance, la ballade, jusqu'au poëme en plusieurs chants (*duans*). — De ces poésies, plusieurs semblent se répéter, c'est le même sujet différemment arrangé par les rapsodes; d'autres ne sont que des fragments presque informes; d'autres, enfin, sont trop défectueuses de tout point pour mériter d'être attribuées à Ossian. Le poëme de *Cruthloda* (Macpherson écrit Cathloda) a trois chants; celui de *Fingal* en a six, et celui de *la guerre de Témora* en a huit; c'est ce dernier que Macpherson traduisit d'abord; — celui de tous qu'il traduisit le mieux.

A ces trois poésies, il en ajouta 19 d'un seul chant, le tout traduit en prose, concise et énergique comme l'original; c'est la collection traduite d'abord et en prose par Letourneur (1777), puis on y adjoignit les 18 poésies procurées par Sinclair, ce qui forma les 40 sujets publiés par la Highland Society, et traduits en français avec tant de goût et de talent par P. Christian (Paris, 1842). — En 1801, Baour-

Lormian publia d'excellentes imitations d'Ossian, en vers façonnés sur l'antique, et Ginguené y ajouta une savante dissertation. — Depuis, plusieurs littérateurs très distingués, et surtout M. Villemain, s'en sont occupés (nous regrettons que M. Villemain, si versé dans la littérature anglaise, et ordinairement si judicieux, ait parlé d'Ossian si légèrement : — il eut mieux fait d'aller visiter la terre des Fions que de s'exposer ainsi à ne pas savoir ce qu'il disait). Ortez a traduit Ossian en espagnol, Cesarotti en italien, Denis et Harold en allemand, etc. ; enfin, il a été traduit dans toutes les langues polies de l'Europe, il a été lu et admiré par toute l'Europe littéraire.

Tous ces poëmes sont écrits en prose cadencée, rithmée, en vers blancs, comme la muse en compose dans tous les idiomes, excepté la muse française, qui ne peut se passer de la rime, notre langue manquant d'accent prosodique, et d'audace dans l'inversion ; ajoutez à ces défauts l'insipidité de ses exigences, les puérilités de sa grammaire ! Aussi Voltaire, à la fin de son épître à Horace, s'écrie-t-il, avec son bon sens habituel :

.....................Ce sont là tes maximes,
Cher Horace, plains-moi de les tracer en rimes !
La rime est nécessaire à nos jargons nouveaux,
Enfants demi-polis des Normands et des Goths ;
Elle flatte l'oreille, etc.

Si la langue erse est pauvre, comme sont peu nombreuses les idées qu'elle a à exprimer ; si elle ignore la rime, elle n'en est pas moins poétique ; si elle est rude, elle n'en est pas moins musicale. — Toutes ces poésies étaient chantées, souvent avec l'accent et le geste héroïque, ou bien ce n'était qu'une douce et tendre cantilène ; une déclamation mélodieuse et animée qu'accompagnaient les sons de la harpe.

Ossian est vieux et malheureux,— isolé, presque abandonné; il est courbé sous le poids des ans et des chagrins, il est sans postérité comme sans autorité, l'âge et les pleurs l'ont privé de la lumière, il est aveugle comme l'a été Homère, comme le seront Milton et Delille. — Il se souvient, il regrette, il chante, il gémit ; cent fois il répète, comme un de nos poëtes :

Je suis vaincu du temps, je cède à ses outrages !

Ossian, doué d'une sensibilité exquise, d'un génie extraordinaire, chante les héros et les belles ; héros lui-même et digne fils de Fingal, il chante surtout les héros de son sang : Fingal, son père, qu'il admirait et vénérait, ses braves frères Fillan, Fergus et Ryno qu'il aimait tant, et son unique fils Oscar, si beau, si vaillant, si chéri ! Tous sont morts ; le vieil Ossian leur survit pour les regretter, pour les immortaliser ; avant de les rejoindre dans la tombe, il veut les faire revivre dans la postérité. — La douce Malvina lui prodigue la tendresse et les soins dont elle eut comblé Oscar, son fiancé, si le jeune héros n'eut péri, — elle répète aux bardes les chants d'Ossian ; les familles qu'illustraient ces chants les recueillaient précieusement, et leurs bardes les répétaient à l'envi. — Car, dès lors, et jusqu'en 1745, chaque grande famille eut son barde, son *sennachie*, dont l'emploi était de perpétuer le souvenir du passé. — La mémoire, ainsi taxée, exercée, suffisait vaillamment à ce qu'on exigeait d'elle. — Plus tard l'écriture lui vint en aide. — Dès que la civilisation chrétienne eut enseigné aux bardes l'art d'écrire, ils en firent usage pour conserver par ce moyen leurs chères et vieilles annales. — Je le répète, si les Danois n'eussent pas tout détruit à Jona, au xe siècle, si Edouard Ier, Cromwell et Cumberland, eussent été moins sanguinaires, moins destructeurs, moins ennemis de la nationalité écossaise, les Fingaliens nous seraient aussi familiers que le sont les Scipions. — C'est aussi l'opinion de Walter Scott, admirateur d'Ossian, qu'il considérait comme un historien fidèle, — Si l'auteur du *Minstrelsy of the scottish border* (anthologie de la frontière écossaise) eut été Gaël et non *Scot*, comme il disait en jouant sur le mot, il se fut occupé d'Ossian tout particulièrement.

Je voudrais que le temps et l'espace me permissent de faire

ici, sinon la traduction, du moins l'analyse des 40 poésies ossianiques ! Permettez-moi seulement de vous rappeler le sujet des trois poëmes principaux : ils forment une trilogie où les exploits les plus mémorables de la jeunesse, de l'âge mur et de la vieillesse de Fingal sont célébrés :

CRUTHLODA, poëme en trois duans.

Fingal, à son retour des Iles Orkneys, est jeté par une tempête sur la côte d'Othorno, en Scandinavie : Starno, roi de Locklin et ennemi acharné des Calédoniens, rassemble quelques tribus et court au rivage ; mais il croit plus prudent d'employer la ruse, car il sait combien Fingal et ses compagnons sont redoutables. — Il invite Fingal à une fête guerrière. — Fingal, qui connait la perfidie du roi de Locklin, refuse de s'y rendre. — On se prépare au combat ; pendant la nuit, Fingal va observer les mouvements de l'ennemi. — Il surprend Starno et son fils Swaran consultant l'esprit de Loda (Odin, d'où vient le nom du poëme) sur le succès de la bataille prochaine. — Combat de Fingal et de Swaran ; Fingal vainqueur, rend la liberté à Swaran, frère d'Agandecca, qu'il a tant aimée. — Dumarunno, lieutenant de Fingal, est chargé du commandement des Fingaliens. — Il triomphe ; mais il est blessé mortellement. — Le barde Ullin célèbre ses funérailles. — Starno veut faire périr Fingal par trahison, Swaran s'y oppose. — Starno essaie de surprendre Fingal, qui le fait prisonnier et lui pardonne généreusement. — Ce poëme, diversifié d'épisodes, est très court et il est incomplet. — Il prépare le poëme suivant :

FINGAL, poëme en six duans.

Chant Ier. — La scène est dans la plaine de Lena, sur la côte de l'Ulster ; le roi d'Irlande, Artho, parent de Fingal, vient de mourir, laissant son fils Cormac au berceau. — Cuthullin (ou Cuchullin), renommé par sa valeur et sa force extraordinaire, est nommé gouverneur du jeune roi.— La nouvelle arrive que Swaran, le redoutable roi de Loklin, se prépare à envahir l'Irlande.— Cuthullin envoie demander des secours à Fingal, et range son armée en bataille sur la côte. — Il tient conseil : Connal, roi de Togorma, conseille d'éviter la bataille et d'attendre l'arrivée de Fingal; Calmar, souverain de Lara, fait décider qu'on ne cherchera point à gagner du temps. — Les Scandinaves prennent terre, la bataille s'engage immédiatement. — La nuit sépare les combattants, les bardes irlandais chantent les guerriers qui viennent de succomber.

Chant IIe. — Connal apprend à Cuthullin que l'ombre d'un guerrier tué par Swaran lui est apparue et qu'elle prédit aux Irlandais une défaite prochaine. — Cuthullin dédaigne les menaces du fantôme, et refusant une paix honteuse qu'offre Swaran, livre bataille et est mis en déroute. — Il pleure son imprudence fatale ; le barde Carril l'encourage. — La flotte de Fingal paraît à l'horizon.

Chant IIIe. — Cuthullin fait éloigner les débris de son armée et va cacher la honte de sa défaite. — L'armée de Fingal débarque, malgré les efforts de Swaran ; — Calmar est blessé mortellement. — Hauts faits du jeune Oscar. — Chants d'Ossian et divers épisodes.

Chant IVe. — Fingal, pour honorer Gaül, son ami, lui donne le commandement et se retire sur une colline ; nouveaux exploits d'Oscar, qui manque d'être tué. Ossian vole à son secours ; Gaül attaque Swaran, qui le met en déroute. — Fingal rallie les Calédoniens et les ramène au combat. — Cuthullin, désespéré de sa défaite, n'ose encore reparaître.

Chant V[e]. — Swaran est repoussé. — Fingal et lui combattent corps à corps : — Swaran est vaincu et fait prisonnier et Fingal poursuit l'ennemi. — Mort de Ryno, fils de Fingal. — Le jour a pris fin : fête guerrière et funèbre donnée par Fingal, et à laquelle Swaran assiste. — Chants des bardes, épisodes des vieux Fingaliens. — Fingal, toujours généreux, offre de rendre la liberté à Swaran et de permettre le retour des Scandinaves chez eux, sous condition d'une paix éternelle.

Chant VIe. — Préparatifs de départ des deux armées. — Fingal, dans une partie de chasse, rencontre Cuthullin, il le ranime et le console. — Swaran s'embarque, et Fingal retourne en Écosse.

LA GUERRE DE TEMORA, poëme en huit duans.

C'est le plus long, le plus complet des poëmes, le seul qui, dans toutes les traductions, prenne le titre de poëme épique : cependant, l'action ne dure que quatre jours ; comme dans le poëme précédent, dont celui ci semble la continuation, l'action se passe en Irlande, et Fingal en est également le héros. — Enfin c'est la dernière grande guerre de Fingal.

Cuthullin est mort, le jeune Cormac, roi des gaëls d'Irlande, a été assassiné par Caïrbar, chef des Firbolgs du sud, qui s'est emparé de toute l'île ; Fingal veut chasser l'usurpateur ; — Caïrbar va s'opposer au débarquement des Calédoniens. — L'héroïque Cathmor, son frère, quittant Temora, s'avance à son secours à la tête d'une autre armée. — L'action commence.

Chant Ier et 1er Jour. — Caïrbar, fourbe et cruel, espère vaincre par la ruse, il veut surtout faire périr Oscar, fils d'Ossian, qu'il redoute et déteste. — Il laisse débarquer les fingaliens, parle d'accommodement et invite Oscar à une fête guerrière ; Oscar s'y rend accompagné de 300 braves. — Caïrbar lui cherche querelle, ils se battent et s'entretuent. — Les Fingaliens accourent au secours d'Oscar, et les Firbolgs prennent la fuite. — Fingal pleure son petit-fils et envoie le corps du jeune héros à Morven, où un tombeau lui sera élevé. La nuit vient. Althan raconte à Fingal le meurtre de Cormac. Épisodes.

Chant IIe. — Larmes d'Ossian sur la perte de son fils

unique et bien-aimé ; — il évoque l'ombre de Trenmor. Cathmor arrive ; — il essaie de surprendre Fingal pendant la nuit ; mais Ossian fait allumer de grands feux sur la colline de Mora. — Cathmor reprimande le farouche Foldath, qui méprisait les Fingaliens. — Rencontre de Cathmor et d'Ossian et leur entretien. Chant du barde Carril, sur la tombe de Caïrbar.

Chant IIIe et 2e Jour. — Harangue de Fingal à son armée; il remet le commandement à Gaül, fils de Morni. — Cathmor donne le commandement des Fribolgs à Foldath. L'action s'engage ; une flèche traverse la main de Gaül. Fillan, frère de Fingal, vole au secours de Gaül et fait des prodiges de valeur ; la bataille continue jusqu'à la nuit. — Foldath bat en retraite ; — Fingal ordonne une fête guerrière. Chant des bardes. Épisodes.

Chant IVe. — Cathmor tient conseil ; querelles des chefs de son armée. Le sage Cathmor les appaise. Histoire de la belle Sulmalla, fille du roi d'Inishuna, qui s'était déguisée en guerrier pour suivre Cathmor à la guerre. — L'ombre de Caïrbar apparait à Cathmor et lui présage des désastres ; néanmoins, Cathmor s'apprête à livrer une bataille décisive.

Chant Ve et 3e Jour. — Gaül étant blessé, Fingal donne le commandement à Fillan, mais veut que Gaül aide Fillan de ses conseils. — Foldath continue à commander l'armée d'Erin. — La bataille s'engage sur les rives du Lubar et devient générale, brillants faits d'armes, déroute des Irlandais. — Mort de Foldath.

Chant VIe. — Cathmor rallie son armée, recommence le combat et attaque Fillan corps à corps, — il le blesse mortellement. — Ossian, envoyé par Fingal au secours de Fillan, est attaqué par Cathmor. — La nuit les sépare ; Ossian retrouve Fillan son frère, mourant, et l'emporte dans une caverne voisine. — Mort de Fillan. — L'armée des Calédoniens bat en retraite. — Cathmor trouve Branno, un des dogues de

Fingal, couché sur le bouclier de Fillan ; — ému de ce spectacle, il fait cesser le combat et déplore les malheurs de la guerre.

Chant VIIe. — Apparition de l'ombre de Fillan, — elle réveille Fingal qui, frappant sur le bouclier de Trenmor, annonce à son armée qu'il va commander en personne ; à ce bruit, Sulmalla effrayée, engage Cathmor à demander la paix. — Cathmor veut combattre et fait éloigner Sulmalla. — Description du bouclier de Cathmor.

Chant VIIIe et 4e jour. — Le jour paraît, Fingal envoie chercher le jeune Ferad-Artho, dernier rejeton du sang royal d'Irlande. — En marchant vers l'ennemi, il trouve Branno toujours couché sur le bouclier de Fillan. — A cette vue, la douleur de Fingal redouble. — La bataille recommence et devient furieuse, une affreuse tempête augmente l'horreur de la mêlée. — L'armée des Firbolgs est mise en pleine déroute. — Fingal et Cathmor se rencontrent au milieu des brouillards.— Une lutte terrible s'engage entre eux. — Cathmor est tué. — Après cet exploit et la brillante victoire qu'il vient de remporter, Fingal, chargé de gloire et d'années, renonce aux combats et remet aux mains d'Ossian les armes de Trenmor. — L'ombre de Cathmor apparaît à Sulmalla. — A la fin du jour, Fingal fait préparer une fête triomphale. — Ferad-Artho arrive, accompagné de cent bardes. — Fingal le fait reconnaître roi et conduire au palais de Temora, — et la guerre étant finie, il retourne en son palais de Selma, en Morven.

Tel est cet admirable poëme de Temora, dont je regrette de n'avoir pu mentionner tous les incidents, les divers épisodes tour-à-tour si touchants et si terribles ! poëme aussi complet, bien que l'action ne dure que quatre jours, aussi complet, dis je, que l'Illiade, qui dure 47 jours, que l'Enéide, dont les faits occupent plus d'une année. — Ossian, guidé par la nature et par son génie, a créé ce chef-d'œuvre, où un autre Aristote eût trouvé, tout aussi bien que dans l'Illiade, les règles de la poésie épique ! Terminons l'histoire de Fingal en racontant l'incendie de Tura : ce petit poëme ne nous est parvenu que par lambeaux ; Macpherson a comblé quelques lacunes, nous achèverons de le compléter par induction.

Nous venons de passer en revue plusieurs des hauts faits de Fingal, d'autres actions héroïques du grand roi de Morven sont chantées dans 10 autres poésies de moindre étendue. — Nous l'avons vu, blanchi, affaibli par l'âge, remettre ses armes à son fils ; mais son âme patriotique lui rendit sa vigueur première lorsque les Romains reparurent sur le sol de la Calédonie. — Fingal marche à leur rencontre, les chasse de l'Écosse et revient, chargé de leurs dépouilles, à son palais de Tura, dans le Glen Coé. C'était à Tura qu'il avait rassemblé ses richesses, les fruits de tant de victoires, les curiosités rares et précieuses, les plus belles armes, les trophées, les chevaux de guerre, les dogues nombreux et tout l'attirail des fêtes et des chasses.

Fingal, pour célébrer sa dernière victoire sur l'étranger, donnait une grande fête, où ses lieutenants avaient amené leurs femmes et leurs enfants. — Un vieux barde, suivi de la belle Civa Dona, vient implorer l'assistance de Fingal contre le cruel Duarma ; le généreux Fingal part, accompagné d'une partie de ses guerriers, les autres se dispersent en parties de chasse. — Il ne reste guère à Tura que des hôtes sans défense. — Au milieu de la nuit l'incendie dévore le palais : — tout ce qu'il contenait devient la proie des flammes, tout ce qui vivait dans ses murs périt ! Ce désastre eut-il pour cause un accident ou une trahison ? Fut-ce l'effet de la vengeance de Duarma ? Une horde de Firbolgs ou de Scandinaves, cachée aux environs, avait-elle détruit Tura par le fer et le feu ? Le poëme, incomplet, ne nous l'apprend pas. . Ce poëme se termine par la plus touchante, la plus navrante des lamentations ; c'est un dialogue entre Ossian, pleurant ses frères d'armes, et Malvina, déplorant le sort de ses compagnes : — elles ont péri sous les ruines de Tura, — leurs époux, leurs frères, leurs amants sont en proie au désespoir ; plusieurs guerriers illustres se sont donné la mort, d'autres s'éteignent lentement dans la douleur : — Fingal et Ossian, cherchent le silence et la solitude ; Fingal meurt bientôt après, et Ossian est privé de la vue. — L'auguste barde, sans espoir, sans postérité, laisse le commandement passer en d'autres mains ; il demande à la muse quelques consolations à tant de maux, — et les souvenirs d'un passé si glorieux l'aident à supporter les ennuis d'une vieillesse si longue, les chagrins qu'adoucit à peine le dévouement éploré de Malvina.

Dans une telle disposition d'esprit, dans de telles circonstances, Ossian ne pouvait être un moment frivole, insoucieux : — non ! il est toujours sérieux, souvent solennel ; — mais toujours il est tendre, toujours il émeut, il intéresse. Il est sèvère comme la nature qui l'entoure, mais comme elle, il est pittoresque et imposant, « *there comes a voice to Ossian and awakes his soul!* s'écrie-t-il ; *It is the voice of years that are gone ; they roll before me with all their deeds !* » Une voix parle à l'âme d'Ossian et la réveille ; — c'est la voix des temps qui ne sont plus ; ils se déroulent devant moi avec tous leurs événements ! — Parfois il commence et finit son récit par ces mots : « *a tale of the times of old, — the deeds of days of other years* ». Histoire des temps passés, — faits des jours écoulés. — *Carthona* est un récit merveilleux de perfection. — *Darthula*, où Fingal ne paraît pas, est d'une suave mélancolie ; *Carric-Thura* a plus de sublimité et un dénouement plus heureux. — Dans *Lathmon*, le point d'honneur, la noblesse des sentiments sont admirables : quand Ossian et Gaül surprennent les ennemis endormis et les réveillent pour combattre, quand Lathmon protège la vie des deux jeunes guerriers ses ennemis près d'être accablés par le nombre, et que dans son combat contre Ossian, qui va le mettre à mort, l'épée de Gaül écarte celle du fingalien et sauve le téméraire Lathmon. — Plus tard de tels faits ont honoré la chevalerie ; mais la chevalerie n'existait alors que dans l'âme de Fingal et d'Ossian. — *Nina de Berrathon*, — ce chant du Cygne, est la ravissante mélodie d'un monde invisible !.... Ossian, plus qu'octogénaire, ranime sa défaillante existence pour pleurer Malvina, car elle aussi n'est plus, et le malheureux barde n'a plus qu'à mourir à son tour. — Déjà il a souvent chanté le charme de la mélancolie, — les douces larmes consolatrices, — *the joy of tears*, la joie des pleurs.— Homère l'avait dit avant lui, mais Ossian n'avait nulle idée d'Homère. J'aime encore sa touchante pensée, lorsqu'au premier livre du poëme de Fingal il nous montre ces deux ifs, plantés sur les tombes de deux amants, se courbant l'un vers l'autre et cherchant à réunir leurs branches. — C'est la scène choisie par Creusé de Lesser, lorsqu'au frontispice de son poëme de la table ronde, il écrit :

Prenant racine au tombeau de Tristan,
Un lierre ami gravissait la muraille,
Et s'avançait par un sublime élan
Vers le tombeau d'Iseult de Cornouaille.

Ces gracieuses images sont fréquentes quand les faits du récit ont lieu dans le Morven et les îles voisines; mais si Ossian transporte la scène ailleurs, comme dans le barbare Loklin, dans les sauvages Orcades, qui appartenaient aussi aux Scandinaves, alors il change de ton ; ainsi, dans *Carric-Thura*, dans *Sulmala of Lumon*, dans *Cruthloda*, tout se rembrunit, se heurte, c'est une terre plus âpre, un ciel plus sombre, une âme plus violente, un monde plus mystérieux et plus repoussant.

Ossian sait également bien différencier la physionomie de ses héros, et graduer leur excellence. — A tous il rend justice, et il n'est modeste que quand il parle de lui-même, ce qui est souvent le cas, car le premier des bardes a été un des plus vaillants guerriers de son époque ; il fait de *Cathmor* le digne rival de Fingal ; mais Cathmor, comme l'Hector grec, défend une mauvaise cause, et il succombe quand il ose s'attaquer à Fingal même. — (Au reste, Ossian, plus sensé qu'Homère, se garde bien de déshonorer son Hector avant de le faire périr : Cathmor succombe, mais il n'a pas fui comme un lâche). — *Gaül* est terrible, mais il s'efface devant Fingal, comme Patrocle devant Achille ; *Cuthullin, Colmar*, sont redoutables, mais ils sont présomptueux, imprudents. — *Caïrbar, Swaran, Foldath*, ont peu de rivaux en force et en courage, mais ils sont violents, cruels, tandis que Fingal et ses fils unissent la magnanimité à la bouillante valeur. — Le roi de Morven, dont les yeux lancent l'éclair pendant la bataille, est, ailleurs, Fingal *of the mild look,* — au regard bienveillant ; son palais était *la maison de l'étranger ;* il illustrait sa patrie par ses vertus comme par sa valeur, pendant que les monstrueuses folies, les débauches infâmes d'Héliogabale et d'autres monstres déshonoraient Rome. — Ce n'est pas à dire que les passions violentes, haineuse, que les appétits grossiers, n'apparaissent pas dans les poëmes, mais Ossian ne les y introduit qu'avec répugnance, tant elles lui étaient étrangères, tant l'égoïsme, la lâcheté, la bassesse, la cupidité, la folle vanité même, étaient loin de gouverner l'âme des héros qu'il honore

De si beaux sentiments, tant de tendresse, de noblesse, des âmes si hautes et si fières, à cette époque obscure, — dans ces contrées à demi-sauvages, semblent bien étranges ! Cependant, cette poésie existe, Ossian a existé de toute nécessité. — Où donc eût-il pris ses modèles, s'il ne les eût eu sous les yeux ? comment eût-il pu imaginer cette variété de types si remarquables ? ne les eût-il trouvé que dans son imagination, c'est-à-dire dans son cœur, dans son âme ; cela prouverait, au moins, qu'ils y étaient, et la question serait toujours embarrassante. — Il est permis de croire qu'ayant connu, aimé ou détesté la plupart des personnages qu'il met en scène, il les a poétisés quelquefois outre mesure, comme l'ont fait, d'ailleurs, tous les poëtes épiques, et qu'il a commis ainsi des exagérations bien excusables. — On ne saurait du moins lui reprocher de manquer de goût, de tomber dans ces non-sens dont sont tachées une foule d'œuvres littéraires de grand mérite à cela près.

On s'étonne surtout que les Fingaliens ne professassent aucun culte, — ne bâtissent point de temples à la divinité, — ne la fissent jamais intervenir dans leurs différends ! etc. —

Rappelons-nous que Trenmor avait secoué le joug des druides, qu'il les avait chassés du Morven, après avoir écrasé leur parti ; — les Fingaliens se souciaient donc peu du dogme druidique, déjà presque oublié. — Ils détestaient trop les Romains pour leur emprunter un culte, et le christianisme leur était encore inconnu, — leur religion ne pouvait donc être qu'un déïsme mêlé d'anciennes pratiques superstitieuses, et sans culte extérieur ; elle n'était pas autre chose. — Cependant, Ossian reconnaissait la divinité, dont il avait la vive intuition, sans chercher à la comprendre ; et tandis que Fingal méprisait le culte sauvage du cruel Odin, il honorait les culdées, ces premiers missionnaires du christianisme. — Ossian évoque souvent les âmes des morts, souvent il les fait apparaître : dans le poëme de *Lora*, adressé à un culdée, il parle même des esprits du ciel. — Il compare ses héros aux esprits redoutables, aux spectres terribles. — Il peint ses guerriers s'efforçant d'obtenir la louanges des bardes, afin d'être honorés dans ce monde et *dans l'autre* ; — ils veulent être glorieux sur terre et dans les palais aériens des nuages, — maintenant *et à jamais*, et nous les voyons continuellement sacrifier le présent à l'avenir. C'est même de cette aspiration que naît toute leur sublimité. — Ossian parle des esprits, il les décrit comme s'ils étaient ses compagnons habituels, — et avec quelle magie il les décrit ! — Ainsi, au second chant du poëme de Fingal, quand le spectre de Crugal apparaît à Connal, sa voix est comme le distant murmure d'un ruisseau, les pâles étoiles s'aperçoivent à travers cette substance éthérée, — et ce spectre, plutôt le messager de l'ombre de Crugal que cette ombre même, puisque, dit-il, elle est restée sur ses montagnes, pleure, en prédisant des malheurs.

Les Calédoniens antiques croyaient donc à une autre vie et à toutes les conséquences que cette croyance entraîne. — Ils croyaient que l'âme, séparée du corps, se revêtait d'une matière très subtile et susceptible de sensations physiques. — Cette opinion nous semble singulière : c'est pourtant celle de toute l'antiquité, et même de la plupart des pères de l'Eglise, jusqu'au IVe siècle. — Cette âme conservait les goûts, les aptitudes qu'elle avait eus pendant son union avec le corps. — Ainsi les âmes, hôtes des nuages, se promenaient sur les vents, habitaient des palais aériens, continuaient les combats, les chasses, les fêtes de la vie terrestre. — C'était là le paradis des bons. — Ces âmes heureuses ne se manifestaient que de jour, — contrairement au dire de ce vers de Lamartine :

> Mais les âmes des bons ne reviennent jamais !

Les âmes des méchants et des lâches, d'après les poésies erses, ne se manifestent que de nuit. — Vil jouet des vents, toujours souffreteuses, elles roulent dans les tempêtes qu'elles excitent, et elles se plaisent à égarer les pas des guerriers, la course des vaisseaux, à les pousser, à les briser contre les rochers. — L'âme des grands criminels est jetée dans un lieu excessivement sombre et où souffle un vent furieux et glacial. — Châtiments et récompenses sont mérités, car l'homme est libre, il est même inspiré par un génie tutélaire — (c'est notre ange gardien) qui l'instruit dans ses rêves et lui procure l'avantage de la divination, de la seconde vue, quand l'homme s'en rend digne. — Cette superstition et bien d'autres qui infestaient l'esprit des Fingaliens, se retrouvent encore plus ou moins dans les Highlands ; — ce sont comme des débris de la ténébreuse religion des Druides, qui s'harmoniait si bien avec la nature austère des Highlands, avec cette terre si tourmentée, enveloppée d'un ciel si sombre, — avec les vastes solitudes et les impénétrables forêts dont, à cette époque, tout le Morven était parsemé ! — Le génie d'Ossian, sa psychologie, semblent imprégnés de l'effet de ses monts si âpres, de ces lacs déserts, de ces landes arides, où le sifflement des vents se marie sans cesse au lointain mugissement des cascades et des torrents, — où mille bruits vagues, mille rumeurs furtives, indéfinissables, semblent les vagissements d'âmes errantes, — où la lumière indécise, s'égarant sans cesse dans les brumes humides et froides, dans les nuages vagabonds, leur donnent les formes les plus changeantes, les plus fantastiques ! — Combien de fois, sous l'impression de cette nature mystérieuse et sourcilleuse, n'ai-je pas reconnu avec quelle vérité Ossian la dépeint, — ne me suis-je pas écrié : oui, illustre barde, oui, grand poëte, — c'est bien cela !

Ossian qui parle si souvent de l'âme, ne rend aucun hommage à la divinité. — Moïse, qui parle sans cesse de Dieu, et au nom de Dieu, paraît ignorer l'existence de l'âme ! il y a bien des choses qu'il faut sous-entendre.— Ossian et Moïse avaient la même croyance en Dieu et à l'âme, de même qu'Homère et Ossian avaient le même génie. — Au druidisme des highlanders succéda un christianisme presqu'aussi superstitieux et beaucoup plus fanatique ; ce nouveau culte est apparent dans les poésies des successeurs d'Ossian ; mais là encore il n'est pas question de cérémonies extérieures, et la divinité n'est jamais invoquée ; les habitudes religieuses, le génie poétique du pays, les préjugés, si l'on veut, ne l'eussent pas permis.

Homère fait souvent intervenir les Dieux, il les fait descendre sur terre, il leur donne les vulgaires et grossières passions de la terre, il humanise la divinité, c'est-à-dire qu'il la matérialise et la compromet sans cérémonie ; — un tel sans-gêne, une familiarité si irrévérentieuse eussent révolté les Fingaliens, comme ils révolteraient les sectateurs de toute religion non mythologique. — Moïse, Mahomet, continuateur de Moïse sous tant de rapports, ne souffrent aucune image matérielle de la Divinité ; — chez les vrais croyants de ces deux religions, le nom de Dieu, ne se prononce même qu'avec une sorte de terreur. — Homère compare tour à tour ses héros aux Dieux et aux animaux. — Ossian eût cru dégrader les Dieux en leur comparant des hommes, et ses héros en les comparant à des bêtes féroces ; — d'ailleurs il ne savait guère que le nom du lion, du tigre, du vautour, etc. — Il prend ses similitudes dans la nature qui l'entoure , la seule qu'il connaisse. — Les vagues de la mer, les pins des montagnes, les spectres, les âmes, les astres, la lune surtout, les phénomènes atmosphériques, etc. ; et s'il varie peu ses objets de comparaison, — sous quelle variété d'aspects il les présente ! Que de fois il compare Fingal à l'aigle, au roi des airs dont Fingal portait une aile sur son casque ! — Ses autres héros sont souvent mis en parallèle avec les ouragans furibonds, les torrents dévastateurs, les flots écumants. Il est comme Homère prodigue d'épithètes, de *similes*; seulement ce n'est plus Minerve aux yeux de bœuf, Thétis aux pieds d'argent, Jupiter-assemble-nuages, etc. — L'épée de Fingal ne s'appelle ni Flamberge, ni Durindane, mais elle a son nom propre, et le bouclier de Swaran, grand comme l'orbe de la lune, vaut bien celui d'Ajax ! Ossian comme Homère se plaît à décrire.

> De grands combats après de grands combats :
> Puis des combats et des combats encore.

comme dit un poëte ; ce qui est quelquefois monotone chez le Calédonien, et souvent fastidieux chez le grec, grand bavard, et qui s'endort parfois en racontant. — Sous le rapport du dialecte comme de l'état social, du théâtre, de la mise en scène, tout l'avantage est du côté d'Homère, bien qu'il soit de 1000 ans plus ancien que le barde du Morven.—On ne saurait mettre en comparaison le gaëlique et le morven, presqu'incultes, avec Troie et la richesse de l'idiome ionien. — C'est Homère qui parle le mieux et surtout qui parle le plus longtemps ; c'est Ossian qui ressent le plus profondément et qui se montre tour-à-tour le plus tendre et le plus sublime ; cette sublimité semblerait devoir nuire à l'intérêt : il n'en est rien. — Fingal est plus grandiose, plus complet qu'Achille, et il est plus intéressant que l'Enée de Virgile, ce trouble-fête, ce porte-guignon par excellence ! — ce qui prouve que si, des deux poëtes, Virgile est le plus habile, le plus harmonieux versificateur, le plus laborieux arrangeur, Ossian l'emporte par le sens et par le cœur.

On s'est encore demandé comment les poëmes d'Ossian ont pu se conserver par la mémoire seule ? C'est oublier que l'Illiade ne s'est pas autrement conservée pendant plusieurs siècles ; que Pisistrate, 400 ans après Homère, fit pour le barde grec ce que Macpherson a fait pour le Fingalien. La mémoire est une faculté bien plus puissante qu'on ne le croit généralement ; — il suffit de l'exercer, de ne pas tout confier au papier. — Homère, Ossian, Mahomet, le Christ même, n'ont jamais écrit, jamais dicté un mot ; il est même probable que les trois premiers ne savaient pas écrire. — Comme l'Illiade, l'Odyssée, les poëmes d'Hésiode, le Coran et tant d'autres grandes œuvres, c'est par la mémoire que les poésies d'Ossian ont été d'abord conservées (nous ne parlons pas du Pantateuque de Moïse, gardant pour nous notre opinion sur ce point). Ainsi Garcilaso de la Vega, fils d'une mère péruvienne, de la famille des Incas, écrivit l'histoire de son pays d'après les chansons nationales que sa mère lui avait apprises dans son enfance. — Ossian était donc un rapsode comme Homère, et il avait cet avantage de chanter des faits contemporains, à la plupart desquels lui-même avait pris part ; d'ailleurs, les bardes Calédoniens n'étaient pas errants, épars, comme les rapsodes grecs : ils formaient un corps régulièrement organisé, et ayant des sujets distingués dans toutes les grandes familles ; ils étaient les gardiens de la gloire nationale, les instructeurs de la jeunesse, comme les scaldes scandinaves, les eubages gaulois, les ferdans irlandais et les auteurs des sagas islandaises.

Mentionnons une dernière objection dont on a fait grand bruit. Cent passages des poëmes prouvent que les chefs des Gaëls se revêtaient de cottes de mailles, d'armures complètes et brillantes, et employaient jusqu'à l'or (en bien petite quantité sans doute) à l'ornementation de leurs armes, de leurs costumes de fêtes. — Était-ce possible chez un peuple si pauvre, si inexpérimenté dans les arts ?

Des armes fort anciennes, des ustensiles, des ornements conservés dans les collections écossaises prouvent qu'avant même le temps de Trenmor, les Gaëls savaient très bien travailler les métaux et fabriquer un excellent acier. — Les Highlanders n'étaient-ils pas vingt fois rentrés dans leurs montagnes chargés des dépouilles des Romains ? Ne leur était-il pas possible, indispensable même, de copier ces armes, ces armures, que leur opposaient leurs ennemis? D'ailleurs, les chefs seuls, en Calédonie comme ailleurs, se revêtaient de ces armures, eux seuls faisaient quelquefois usage de charriots de guerre; — dans les poëmes (je ne demanderais pas une plus grande preuve de leur authenticité) il est à peine question de chevaux, de chars, de haches. — C'est que la race des chevaux des Highlands est très petite, très peu propre à la guerre, que ces *poneys* sont peu nombreux, que le terrain rocailleux, marécageux du pays, ne convient point à la cavalerie, à l'usage des chars, et il est prouvé que la *Lochaber-ax* (hache du Lochaber), la seule dont les Highlanders aient fait usage, est d'invention assez moderne.

Quand, dans le poëme de l'incendie de Tura, le vieux Fingal revient du sud sur un superbe cheval qui piaffe et caracole, c'est, dit le barde, un cheval qu'il a enlevé aux rois du monde (les romains). — Quand Robert Bruce, 1000 ans plus tard, affronte l'armée anglaise à Bannockburn, il est monté sur un cheval de si maigre apparence, que les cavaliers anglais s'en moquent, ce qui n'empêche pas Robert de fendre d'un coup de hache d'armes la tête de l'aventurier Bohun, cavalier redoutable : — ce fut l'heureux prélude de la bataille. — Les armes ordinaires étaient la flèche, le javelot et le dirk, épée courte, si dangereuse dans les mains de guerriers si agiles et si impétueux ; la claymore (*broadsword*), espèce de sabre, le pugio des Romains, et cette épée gigantesque qui se manœuvrait à deux mains, et qu'en France on nommait jadis épée de siége ou colichemarde. — J'ai tenu dans mes mains, à l'arsenal du château de Dumberton, la terrible colichemarde avec laquelle Wallace fauchait dans les rangs anglais : la poignée, recouverte d'un cuir grossier, est d'acier comme la lame, et cette lame, longue de 5 pieds, à double tranchant, est ébréchée de bout en bout. — L'épée de Robert Bruce, qui fut offerte à Walter-Scott, fait le pendant de l'autre ; je l'ai examinée ainsi que bien d'autres armes historiques et curiosités nationales, au château d'Abbotsford, dans le précieux musée composé des dons faits à l'immortel romancier. — Le dirk est encore l'arme favorite des Highlanders, nous ne l'avons que trop bien appris en Espagne et à Waterloo, comme Cope l'avait appris à Preston-Pans ; dernièrement, les Russes en ont fait l'expérience en Crimée ; mais ils ont trouvé la bayonnette de nos zouaves encore plus dangereuse.

Nous ignorons ce qu'était exactement la harpe des bardes ; l'instrument devait être primitif et simple comme la musique de l'époque. — La harpe a disparu des Highlands, mais elle s'est perpétuée dans le pays de Galles, où j'ai assisté (25 Août 1841) à la grande fête nationale et annuelle de l'Esteifodd, ou concours de harpistes Welches, qui se tenait alors à Swansea, port de mer et la plus grande ville des Wales. — Autre singularité : aucune femme ne peut concourir ; la harpe leur est, pour ainsi dire, interdite ; il est vrai que les dames galloises se rattrapent bien sur le piano ! — Le piano est sous leurs doigts l'instrument d'une vengeance implacable! — La harpe fingalienne ne résonnait qu'aux jours de fête, c'était la compagne inséparable du chant des bardes. Dans de moindres occasions on faisait usage de pipeaux, de la bagpipe (cornemuse, loure, musette, pifferone) à longs tubes ornés de fleurs ou de rubans ; — l'instrument populaire, celui qui retentissait pendant les expéditions militaires et sur les champs de bataille, c'était le pibrock, petite cornemuse dont les sons aigres et criards, souvent discordants, surexcitaient la fureur belliqueuse des guerriers en leur agaçant les nerfs. — Cette rauque harmonie s'est conservée jusqu'à nos jours, ainsi que nombre d'airs antiques, peut-être fingaliens , (j'en ai noté plusieurs), ainsi que le pittoresque costume des sans-culottes écossais *(breechless warriors)*, le plaid, le quilt, derniers représentants de l'uniforme de l'infanterie romaine, à quelques détails près.

Les fréquents voyages des gaëls aux îles Hébrides, aux Orcades, en Irlande ; leurs expéditions jusqu'en Islande et en Danemark, prouvent qu'ils possédaient quelques connaissances en uranologie et savaient construire des navires d'assez grandes dimensions ; — dans un pays aussi accidenté que le leur, au milieu de tant de bras de mer, de côtes abruptes et déchiquetées, d'îles et de lacs, ils devaient souvent communiquer par eau, et construisaient à cet effet un grand nombre de petites barques. — Ils faisaient, surtout pour la pêche, usage du *currach*, barque à carcasse d'osier, recouverte de peaux, si légère que le pêcheur l'emporte facilement sur sa tête, y compris son attirail de pêche et ses provisions. De ces currachs, je n'en ai pas retrouvé un seul dans les Highlands, chose assez surprenante ! tandis qu'ils sont encore communs dans le pays de Galles. — J'en ai vu jusqu'à dix pêchant à la fois sur la rivière Towy dans les environs de Caërmarthen ; on remplace maintenant la peau par de la toile, ou simplement par de la serge goudronnée.

Retournons aux highlands...... ou plutôt terminons cette dissertation, car elle a déjà dépassé les bornes que je lui avais assignées. Que voulez-vous ? comme Ossian, j'aime à me souvenir, à discourir pour me consoler des outrages du temps et des coups du sort ; il n'y manque que le style et la harpe..... J'aime les highlands, et ma plume s'égare sur le papier, comme mes pas erraient dans leurs solitudes. — Si les nécessités de notre publication, où doivent trouver place divers autres travaux plus essentiels que le mien, ne me forçaient à le terminer ici, j'y ajouterais un dernier chapitre qui encadrerait, dans l'ordre historique probable, tous les sujets des poésies ossianiques. — Ce serait de l'histoire arrangée, j'en conviens ! mais l'histoire l'est toujours, plus ou moins : ou l'on n'ose tout dire, ou l'on ne sait trop que dire. — Ce travail n'a pas encore été essayé ; si un littérateur peu familiarisé avec les singularités de la patrie fingalienne l'eut tenté, il l'eut laissé fort imparfait ; — comme le sont tant de dissertations sur Ossian et son œuvre, écrites par des rhéteurs qui ne connaissaient ni la langue, ni la terre des Fions, ni le broadscotch, — parfois, pas même l'anglais ni aucune des mille particularités actuelles et positives qui aident à dissiper les ténèbres des anciens jours du Morven.

J'aime Ossian et je l'admire ! disait aussi le grand Napoléon, et il ne trouvait à mettre en parallèle avec le vieux barde, que notre vieux Corneille; il admirait ces âmes si nobles et si hautes, il les aimait parce qu'il retrouvait en lui-même les types qu'elles nous offrent. Napoléon honorait Fingal parce-que lui-même était un Fingal nouveau ; — ces deux grands hommes atteignirent également le sommet de la puissance et de la gloire et souffrirent également des caprices de la fortune ; mais la gloire de Fingal, après une éclipse si longue et presque totale, ne nous est parvenue que pâle et crépusculaire. — Tandis que celle de Napoléon demeurera resplendissante pendant la longue suite des siècles à venir.

Concluons. Nous ne doutons pas plus d'Ossian que de Corneille. — Nous répéterons avec Cesarotti : « Ceux qui ne veulent pas l'appeler Ossian, peuvent le nommer Orphée ; — et s'il n'est pas fils de Fingal, il est du moins fils d'Apollon. » — Quoiqu'il en soit, son œuvre est bien une œuvre à part, une œuvre originale, complète, *sui generis*. — Son génie rêveur, rude, inculte, mélancolique, a exercé une grande influence sur la littérature de la fin du XVIIIe siècle, influence qui subsiste encore, bien qu'à un moindre degré. — Pour nous, Macpherson n'est qu'un traducteur habile, un arrangeur intelligent ; son entreprise, insigne par l'audace et par le succès, restera sans rivale dans son genre, et c'est certainement l'événement littéraire le plus curieux et le plus retentissant du siècle dernier.

Havre — Imp. Lepelletier, place Louis-Philippe

www.ingramcontent.com/pod-product-compliance
Ingram Content Group UK Ltd.
Pitfield, Milton Keynes, MK11 3LW, UK
UKHW021649260726
13994UKWH00003B/1361

9 782329 448152